ISBN : 979-10-91423-02-1

Michèle Abramoff

DERRIÈRE LA FAÇADE

Roman

Derrière la façade

1

Quand il apprit que des changements importants se préparaient à la Direction, Gilles Lapierre ne se crut pas personnellement menacé. Ce fut la DRH qui lui annonça la nouvelle. Elle sortait d'une réunion exceptionnelle avec les managers, triumvirat composé du Directeur général, de son adjoint et du Directeur administratif et financier (personnage tout puissant dans l'entreprise, plus puissant en réalité que son supérieur hiérarchique lui-même), préoccupée par une décision qui, si elle lui échappait complètement pour ce qui touchait le remplacement des dirigeants, n'allait pas manquer, avec la restructuration qui s'ensuivrait inévitablement, d'entraîner des licenciements aux échelons inférieurs qu'elle aurait la tâche ingrate de négocier.

Pressée de parler à quelqu'un, après deux coups légers frappés à la porte, elle avait pénétré chez son collègue Lapierre sans attendre son invitation à entrer et se tenait debout devant lui, face à la fenêtre, dans la clarté brutale d'une matinée ensoleillée de juillet, un flottement indécis sur les traits, ses paupières agitées de battements incontrôlés, une expression désorientée qu'il n'avait jamais vue à cette femme habituellement sûre d'elle et maîtresse d'elle-même.

– Assieds-toi, Suzanne. Ça n'a pas l'air d'aller.

Elle commença en chuchotant, comme effrayée par les mots qu'elle prononçait. Le Directeur général et le Directeur administratif étaient sur le point de quitter la boîte pour prendre ensemble la direction d'une autre filiale du groupe. Elle ignorait qui les remplacerait : peut-être des gens venus d'autres filiales – l'éternel jeu de chaises musicales – ou alors des gens de l'extérieur, ils n'en avaient rien dit, sans doute ne le savaient-ils pas encore. Pour l'instant, on l'avait priée de garder le secret. Ils se réservaient d'avertir le personnel à la fin du mois, juste avant le grand départ en vacances.

– Et l'adjoint ? demanda Lapierre.

– Il était à la réunion, mais on n'a pas évoqué son cas. A voir la figure qu'il tirait, ça m'étonnerait qu'il fasse partie du transfert. Et le nouveau DG engagera sûrement un homme à lui.

Lapierre secoua la tête et murmura : « Le pauvre... ».

– Il est jeune, diplômé d'HEC. Il se reclassera.

Elle s'était un peu calmée – parler lui faisait du bien – mais conservait une mine défaite. Suzanne Servent, la directrice des Ressources humaines de la société Urba-Immo, avait quarante-neuf ans ; parmi le personnel féminin de l'entreprise, c'était de loin la plus âgée et Lapierre devinait sans mal ce qui se passait dans sa tête. Selon lui, elle n'avait pas tort de s'inquiéter : les nouveaux managers seraient bien capables de la faire procéder aux licenciements et de lui expédier sa propre lettre de congé ensuite. Le licencieur licencié... ça s'était déjà vu. En général, l'intéressé disparaissait du jour au lendemain ; on lui payait ses indemnités en le dispensant de son préavis et on faisait courir le bruit qu'il avait démissionné pour convenances personnelles. Evidemment, personne n'était dupe et les employés qui avaient échappé au couperet ne se privaient pas de rigoler. En pareil cas, le malheureux DRH n'avait droit à aucune compassion.

Suzanne Servent n'était dans la maison que depuis huit ans. Simplement titulaire d'une maîtrise de psychologie et d'un diplôme de gestion-administration d'une école commerciale de second ordre, elle avait en effet du souci à se faire. Lapierre n'aurait pas misé lourd sur ses chances de garder son poste, et encore moins d'en retrouver un à son âge. Il faut reconnaître qu'elle accusait un coup de vieux ; à la minute présente, les commissures tombantes de ses lèvres, ses yeux voilés par l'anxiété (des yeux ordinairement noirs et brillants, et qui pouvaient se darder sur vous très durement) n'arrangeaient pas le tableau. Si au moins elle avait eu de l'allure… hélas, Suzanne n'était pas grande et en quelques années elle avait pris du poids : avec sa forte poitrine toujours emprisonnée dans un tailleur strict (même en ce matin d'été, à l'aube d'une journée qu'on pouvait prévoir caniculaire, elle portait une veste de toile blanche genre indien boutonnée jusqu'au cou), elle avait un côté mémère autoritaire. Par chance, sa fonction ne lui occasionnait guère de contacts avec l'extérieur, vendeurs ou clients, interlocuteurs financiers ou politiques. Il n'empêche qu'à l'intérieur de l'entreprise elle promenait une silhouette démodée, indigne de la filiale de promotion immobilière de FARGUES-BTP, l'un des très grands groupes de bâtiment-travaux publics français. Le regard de Lapierre tomba sur les mains grassouillettes agrippées aux bras du fauteuil auquel sa collègue s'accrochait inconsciemment.

– T'en fais pas, lui dit-il, tout en songeant qu'il n'aurait pas aimé être à sa place. On n'a pas de problèmes sérieux avec le personnel ici, jamais de mouvements sociaux. Y a pas de raison qu'ils s'en prennent à toi.

Pour sa part, vingt ans d'ancienneté, Directeur des Services Généraux depuis une quinzaine d'années, il pensait qu'il n'avait rien à craindre. Ingénieur dans une usine de composants électroniques, il avait été débauché deux décennies plus tôt par un copain de lycée dont, au cours d'un dîner, tout à fait par hasard et sans que ce fût du tout sa spécialité, il avait dépanné l'ordinateur en un clin d'œil, sous les regards admiratifs des autres convives. Ça se passait à la fin des années quatre-vingt, les ordinateurs personnels se répandaient dans les bureaux et dans les appartements privés, triomphant des dernières résistances. Chez Urba-Immo, la filiale de FARGUES où son ami travaillait, ils avaient dûment équipé et envoyé en formation tous leurs employés, mais à l'époque ces machines gardaient encore leur mystère. Après vous avoir salué à l'ouverture d'un gentil « Welcome» ou « Hello », elles effaçaient traîtreusement en un dixième de seconde cinquante pages du rapport qu'on était en train de taper. Elles prétendaient corriger vos fautes d'orthographe et vous exposaient à de cruelles moqueries en réunion. Elles s'adressaient à vous dans un langage incompréhensible puis s'éteignaient subitement sans qu'on sache pourquoi… Un âge d'or pour les sociétés de maintenance qui envoyaient aux entreprises des factures mensuelles phénoménales. Le personnel d'Urba-Immo étant surtout composé de commerciaux et d'administratifs qui n'entendaient rien à l'informatique, ils avaient un urgent besoin d'un homme compétent dans leurs murs : il en fallait au moins un dans la maison qui y comprenne quelque chose. Un titre de directeur-adjoint des Services généraux pour commencer, sa rémunération doublée (vingt ans plus tard, son salaire net mensuel avoisine les dix mille euros), Gilles Lapierre n'avait pas mis longtemps à se décider. Et personne n'avait eu à s'en plaindre ; esprit rationnel et organisateur né, il remplissait son contrat et au- delà. Un parc informatique en ordre de marche, le dernier cri de la technologie. Des véhicules de fonction renouvelés tous les deux ans – BMW pour les managers, révisées, astiquées, prêtes à partir. Les cent dix-huit employés de la société convenablement nourris dans un restaurant d'entreprise ultramoderne (ils ont même le choix entre plusieurs plats bio – le bio est à la mode – et Lapierre étudie à présent le moyen de leur installer une salle de sport). Des locaux bien entretenus, la sécurité sous-traitée à une société de confiance, les incidents rarissimes. Avec tout ça, des dépassements de budgets raisonnables et peu fréquents : habile négociateur, Lapierre connaît tous les fournisseurs et les prestataires de la place et entretient d'excellents rapports avec eux. Sans doute, sa charge de travail est considérable, il doit veiller à tout, mais son métier lui plaît et il a toujours mis un point d'honneur à ne pas ennuyer la direction avec ses problèmes. Et bien, qui serait assez fou pour aller se compliquer la vie en remplaçant un directeur des Services Généraux rodé aux besoins de l'entreprise quand tout marche comme sur des roulettes ? Oui, lui se sait à l'abri, tandis que cette pauvre Suzanne…

Sur les paroles rassurantes de son collègue, celle-ci avait regagné ses pénates.

Gilles Lapierre et Suzanne Servent occupent deux bureaux contigus au cinquième et dernier étage – l'étage de la direction –, assez grands pour impressionner les membres du personnel que la DRH reçoit ou les responsables des services dirigés par Lapierre, mais situés à l'arrière de l'immeuble et donnant sur un puits de lumière qu'on pourrait aussi bien appeler « puits obscur » puisque, même l'été, seuls le cinquième et le quatrième profitent de la lumière du jour, les niveaux inférieurs doivent rester allumés en permanence.

A l'autre bout de l'étage, côté rue, les bureaux des managers prennent toute la largeur de la façade, véritable mur de verre fumé qui s'élève d'une manière incongrue sur l'avenue de la Grande-Armée. Construit au début des années cinquante en hommage tardif au Bauhaus, ironiquement, l'immeuble d'Urba-Immo paraît plus démodé que les bâtiments haussmanniens dont il rompt l'alignement.

D'égales et imposantes dimensions, les bureaux directoriaux se distinguent par la qualité de leur mobilier. Celui du DG, tout d'acajou verni et de cuir patiné, de belles copies *Empire*, – à l'exception d'une console d'époque que l'occupant du lieu a apportée lui-même –, comprend, en plus des meubles habituels, une table de conférence ovale entourée de huit chaises. Le plateau du bureau proprement dit s'orne d'accessoires luxueux : lampe au pied cannelé argenté, cadre assorti avec photo de l'épouse et des enfants, magnifique sous-main en cuir de Russie gravé d'une frise à l'or fin, un beau stylo, et rien d'autre, sinon, parfois, une lettre, un papier comme oubliés là. Celui du Directeur administratif et financier, en revanche, est encombré de dossiers jonchant la table de travail ou débordant des classeurs, et son mobilier est plus disparate, ancien et contemporain mélangés :

armoires et chaises métalliques, bibliothèque *Louis-Philippe* fatiguée, vieux fauteuils au cuir décoloré sortis tout droit du garde-meubles de l'entreprise.

Les bureaux des directeurs communiquent par une petite porte avec ceux de leurs assistantes respectives, deux pièces de dimensions raisonnables mais dépourvues de fenêtre, éclairées par des tubes électriques et, puisqu'elles sont au dernier étage, par une vitre percée dans le toit en terrasse et recouverte d'un grillage. Ces pièces s'ouvrent par une autre porte, face à face, sur un hall d'entrée assez large. Suivent d'un côté les bureaux du directeur général-adjoint et de son assistante ; de l'autre, deux ascenseurs, dont l'un réservé à la direction. Le hall est meublé de trois chaises confortables et d'un présentoir de magazines, sorte de salon d'attente où une secrétaire-réceptionniste fait patienter les visiteurs.

Une épaisse moquette de laine bouton d'or, remplacée tous les deux ans, tapisse la partie avant de l'étage. Elle s'arrête pile au puits de lumière pour se continuer, de chaque côté, le long des parois vitrées latérales, par une moquette grise plus modeste qui conduit, à droite, au bureau du Directeur des Services Généraux, à gauche, à celui de la DRH – deux couloirs bordés face à la vitre par une enfilade de petites pièces également privées de fenêtre qui abritent les bureaux de leurs adjoints, le local de la photocopieuse, les réserves de papeterie, des placards…

L'ascenseur de la direction file directement au cinquième de façon à faire gagner du temps aux managers, tout en leur épargnant le risque d'une montée embarrassante en compagnie d'un employé plaintif ou revendicateur, ou le simple désagrément d'un tête à tête lourdement silencieux.

Pour plus de commodité, cet ascenseur direct peut aussi s'arrêter au quatrième étage, où sont installés, côté puits de lumière, les services de la Comptabilité et de l'Administration. Le côté façade est occupé par une salle de réunion spacieuse, flanquée d'une salle à manger capable d'accueillir vingt personnes, laquelle jouxte une cuisine bien équipée mais inutile, car les directeurs préfèrent traiter leurs clients et leurs banquiers à la table de Dessirier, place Péreire, ou au restaurant du Saint-James Club, dans le quartier Victor-Hugo.

Ces deux grandes salles, vides la plupart du temps, présentent l'avantage d'isoler les bureaux du dessus de la bruyante agitation du troisième et du deuxième étages, fief du Département commercial, cœur battant et fer de lance de l'entreprise, peuplé d'une infanterie de jeunes hommes turbulents et ambitieux.

La cuisine fait donc essentiellement office de bar ; en sortent à intervalles réguliers des tables roulantes chromées et rutilantes conduites à l'étage supérieur par de gracieuses jeunes filles qui, dans le tintinnabulement prometteur des bouteilles de porto et des flacons de whisky (auxquelles s'ajoutent, pour la forme, des carafes de jus d'orange qui reviendront à leur point de départ à peine entamées), les poussent sans à-coups dans la profonde moquette bouton d'or jusqu'au bureau directorial où l'on reçoit des visiteurs.

Le premier étage accueille le bureau du directeur des Travaux, en charge du suivi des chantiers, et ceux des responsables des différents services placés sous la responsabilité de Lapierre, ainsi que la documentation et les archives.

Au rez-de-chaussée, en venant de la rue, on entre dans un vaste hall dallé de marbre clair. Sur la gauche, une jungle de plantes exotiques, naturelles sur le devant, fausses à l'arrière, est répétée par un miroir gigantesque qui couvre les trois-quarts du mur. A droite, derrière un comptoir semi-circulaire chargé de revues de décoration, de catalogues, de dépliants sur papier glacé reproduisant les réalisations les plus prestigieuses de l'entreprise, une hôtesse d'accueil interchangeable (depuis qu'il est là, Gilles Lapierre en a bien vu passer une quinzaine), mais obligatoirement belle et bilingue, après avoir vérifié que vous êtes attendu, vous décore d'un badge et vous remet une carte magnétique, le sésame qui permet de franchir le tourniquet et de pénétrer au cœur de la forteresse.

- Tu rentres de bonne heure, ce soir.
- La circulation était fluide sur l'autoroute. Les vacances… il y a moins de monde à Paris. Les enfants sont là ?
- Dans leur chambre. Xavier écoute ses disques et Françoise… je n'en sais rien. Elle est rentrée il y a un quart d'heure. Je te sers un verre avant le dîner ?
- Volontiers. Un petit Ricard. Il a fait une chaleur…

Lapierre se débarrasse de sa veste et se laisse tomber dans un fauteuil en dénouant tout à fait sa cravate déjà desserrée en chemin.

- Tu prends pas ta douche ?
- Tout à l'heure. J'ai la flemme.

Sa femme part vers la cuisine et reparaît bientôt un verre dans chaque main, en les agitant doucement pour en faire tinter les glaçons – un geste qu'elle a vu faire à Grace Kelly dans un film d'Hitchcock et qu'elle a trouvé chic.

Presque vingt ans qu'ils sont mariés. Quelques mois après l'arrivée de Gilles chez Urba-Immo, l'ami qui l'avait introduit lui avait fait comprendre qu'il était de son intérêt de se trouver rapidement une femme, et de bien la choisir car une brève description des épouses figurait dans les dossiers que la société constituait sur ses cadres. La Direction voulait pouvoir compter sur des hommes stables et appréciait que ses responsables aient fondé une famille. Un mariage solide, une épouse présentable, des enfants, une vie réglée constituaient des atouts certains pour faire carrière dans la maison. Agé d'un peu plus de trente ans, Gilles Lapierre n'avait pas encore pensé au mariage. Mais l'idée de stabilité (sa propre stabilité dans l'entreprise) lui avait plu. Le problème était que, totalement absorbé par son nouveau travail, il n'avait ni le temps, ni la disponibilité d'esprit nécessaire pour se chercher une femme.

Il n'avait pas à l'époque de compagne attitrée, seulement deux amies qu'il invitait de temps en temps, à tour de rôle. S'y ajoutaient les occasions, les rencontres... A trente-deux ans, il n'était pas mal de sa personne et tenait une situation d'avenir : il lui était facile de faire des conquêtes.

Il avait commencé à réfléchir. Les deux jeunes femmes qu'il voyait depuis quelques mois lui plaisaient, raison pour laquelle il avait continué la relation. Chacune avait son charme. Marion, une brune opulente, patiente et douce, travaillait à Roissy, aux guichets de l'aéroport. Elle avait un joli sourire et ils ne se disputaient jamais. L'autre, Claire, était blonde (châtain au naturel), avec de beaux yeux bleus qui fonçaient jusqu'au marine quand elle lui faisait une scène. Elle se plaignait de le voir trop rarement, qu'il ne tînt pas vraiment à elle, de n'être rien de plus pour lui qu'une distraction, et ainsi de suite. Ça le changeait du calme, de l'humeur égale de Marion.

Claire était la plus élégante : silhouette élancée et longs cheveux soyeux, toujours soigneusement maquillée, avec des mains fines aux ongles impeccablement laqués. Sa profession l'y obligeait : elle était vendeuse chez Guerlain. Et elle n'avait que vingt-quatre ans, trois ans de moins que sa concurrente. Cependant Marion était une meilleure amante, plus chaleureuse et plus active. Sotte ni l'une ni l'autre, aucune des deux ne se distinguait par son sens de l'humour, ou même par une simple vivacité de répartie. Un peu de drôlerie, de gaîté, voilà qui aurait pu faire pencher la balance : une épouse amusante, auprès de laquelle on ne s'ennuie pas…

Avec un cynisme dont il se sentait vaguement honteux, Gilles, se sachant promis à une belle ascension sociale, entreprit de les mettre à l'épreuve. Terminés les « sorties en boîte » ou les films américains populaires – ces *blockbusters* que lui-même, pourtant, ne dédaignait pas. Il les emmenait à présent voir des spectacles plus ambitieux, qu'il les encourageait à critiquer ensuite devant un verre. Ouvrant devant elles un journal, il leur demandait leur avis, s'informant indirectement de leurs opinions politiques (dans ce domaine, des vues communes, ou tout au moins compatibles, évitent bien des disputes ou des discussions oiseuses dans un ménage). Les restaurants changèrent de catégorie (Claire en fit la remarque ; Marion s'abstint de tout commentaire). Il s'agissait de voir comment elles s'y comporteraient, leur aisance à l'entrée, leur façon d'ôter leur manteau, le choix de leur menu, le ton qu'elles prenaient pour s'adresser aux serveurs, toutes ces petites choses… L'une et l'autre s'en tirèrent honorablement. Claire, employée dans la parfumerie Guerlain des Champs-Elysées avait une certaine familiarité avec le luxe (l'*odeur* du luxe). Flattée, elle se redressait de quelques centimètres en pénétrant dans les salles de restaurant élégantes ; elle s'inventa un petit sourire distingué et bienveillant qu'il ne lui avait jamais vu. Marion se comporta avec sa simplicité habituelle, nullement impressionnée par le standing des établissements où il l'entraînait, peut-être par manque d'imagination.

Gilles avait été invité quelquefois chez l'une ou chez l'autre. Elles n'étaient pas mauvaises cuisinières : Marion préparait des plats méridionaux, roboratifs et relevés. Claire avait des goûts plus modernes, sa cuisine était plus légère, plus tendance : genre sushis, wok et pousses de soja. Dans les deux cas, c'était plutôt bon. En France, il est rare de tomber sur une mauvaise cuisinière. On est vraiment surpris quand ça arrive : c'est comme si on se trouvait devant un cas anormal, une personne souffrant d'une espèce d'infirmité. Ce n'est pas comme en Angleterre où la plupart des gens semblent se ficher complètement de ce qu'ils mangent : viandes bouillies trop cuites, petits pois sonores qui rebondissent dans l'assiette comme des billes... Gilles avait eu pendant quelque temps une amie anglaise qu'il avait l'habitude d'inviter en fin de semaine dans un bon restaurant. Une fille délicieuse, originaire de Coventry, qui n'avait jamais compris le soin qu'il mettait dans le choix de l'établissement, son plaisir à le lui faire découvrir, ni le temps que le repas durait... Ne concevant pas qu'un dîner pût être en soi une sortie, elle avait fini par lui exposer fermement son point de vue : « *First you eat and then you do something.* » – Toute une autre culture.

Gilles devait aussi prendre en considération leur environnement familial : Claire était fille unique, ses parents tenaient une petite quincaillerie à Brive-la-

Gaillarde, sous-préfecture éloignée de Paris de huit cents kilomètres. Marion était la cadette d'une famille originaire du midi dont tous les membres vivaient en Ile-de-France, dans le département de la Seine-et-Marne ; elle avait deux frères mariés, une sœur de trente-deux ans encore célibataire... Gilles ne les avait jamais rencontrés ; à travers ce que Marion en racontait, il devinait une famille méridionale soudée et interventionniste, potentiellement envahissante.

Quand elles se marieraient, elles cesseraient de travailler pour élever leurs enfants. Selon toute vraisemblance, Marion, gourmande, déjà bien enveloppée, au caractère reposant quoique un peu mou, ne s'embarrasserait pas de problèmes esthétiques superflus et se laisserait doucement grossir. Au contraire, on pouvait prévoir que Claire se battrait, ferait du sport pour conserver sa ligne – elle fréquentait déjà régulièrement une salle de gym.

Chacune, qui ignorait l'existence de l'autre, ayant constaté un changement dans la façon dont Gilles se comportait avec elle, pressentait que ses intentions devenaient plus sérieuses. D'autant plus que, pressé de régler le problème, au lieu de se contenter de les voir une ou deux fois par mois comme il l'avait fait jusque-là, il s'était mis à les appeler chaque semaine (on a vu que c'était un homme méthodique).

Finalement, sa décision prise, il avait invitée Marion à dîner une dernière fois. Après les hors-d'œuvre, lui prenant gentiment la main, il lui avait annoncé que leur relation devait cesser, qu'il avait rencontré quelqu'un. C'était complètement inattendu, une folie, un coup de foudre !... Bien entendu, Marion n'y était pour rien, il l'appréciait beaucoup, la considérait comme une fille bien. Lui-même ne comprenait pas ce qui lui arrivait, il était totalement bouleversé, etc. – Cet énorme mensonge (Gilles ne se croyait pas capable de tomber amoureux ; l'eût-il été, il se serait bien gardé de s'en ouvrir à quiconque) partait d'une bonne intention : il s'agissait d'adoucir le choc. Mais Marion ne parut pas émue outre mesure ; pas de menton tremblant, pas la plus petite larme furtivement essuyée. Comme le plat de résistance arrivait, elle avait retiré sa main et continué son repas de bon appétit. Ç'en était presque vexant. Gilles l'avait ensuite raccompagnée chez elle ; devant sa porte, elle lui avait collé deux bises sur les joues en bonne camarade, lui avait souhaité bonne chance et s'en était allée de son pas paisible. Il s'était dit que, si c'était celle-ci qu'il avait choisie et demandée en mariage, elle l'aurait peut-être envoyé promener…

- A quoi penses-tu ?
- A rien. Qu'est-ce qu'on mange ?
- Des soles grillées.

A la maison, Claire surveille le régime de son mari. Gilles en était arrivé à quatre-vingt-douze kilos pour un mètre soixante-treize. Ce n'est pas entièrement sa faute : il est sans arrêt invité à déjeuner par les fournisseurs et les prestataires d'Urba-Immo qui espèrent gagner ou garder sa clientèle. Concessionnaires automobile, patrons de sociétés de surveillance (souvent d'anciens flics, et pas des petites natures), négociants en denrées alimentaires qui approvisionnent le restaurant d'entreprise, rien que des hommes dotés d'un bon coup de fourchette. Difficile de ne pas suivre. A présent, Gilles se limite à deux repas d'affaires par semaine, ce qui lui a permis de reperdre quelques kilos.

Claire s'est assise en face de lui, sur le canapé ; elle sirote son Ricard très dilué à petites gorgées. A quarante-quatre ans, elle est toujours aussi mince, peut-être même un peu plus que lorsqu'il l'a connue, plus musculeuse et plus sèche. Ses joues se sont creusées, la ligne de sa mâchoire paraît plus précise. Elle croise devant son mari une paire de longues jambes bronzées, en cambrant ses pieds soignés chaussés de sandales Dior très chères. Avec le temps, la jeune vendeuse qu'il avait épousée, venue d'un milieu provincial modeste, s'est transformée en bourgeoise de la banlieue ouest – mais en plus tendue, plus âpre que les femmes qui ont toujours vécu là et s'y sentent chez elles de plein droit.

Locataires d'un quatre pièces confortable à leurs débuts, dans un ensemble d'immeubles en escalier construits par FARGUES sur la colline de Saint-Cloud, ils se sont installés quelques années plus tard dans une maison ancienne à la périphérie de Versailles. Claire avait *flashé* (c'était son mot) sur un petit hôtel particulier du dix-neuvième, murs blancs et toit d'ardoises, comme on en trouve des centaines en Ile-de-France, entouré d'un jardin planté de tilleuls qui se transformait au printemps en un parc odorant. Claire est très attachée à sa maison, à ses enfants, et s'en occupe convenablement.

L'aînée, Françoise, a juste dix-huit ans. Elle a passé son bac l'année dernière et s'est aussitôt inscrite dans un cours d'art dramatique. Il s'agit d'une vocation sérieuse, dont elle rebat les oreilles de ses parents depuis la sixième. Après quelques mois seulement au cours Bertrand où elle prépare le concours du Conservatoire régional, elle vient d'être engagée pour un petit rôle dans le spectacle d'un théâtre subventionné ; elle y joue le samedi en soirée et le dimanche en matinée. Elle a déjà pris un nom de guerre (sa mère et elle ont passé un après-midi entier à le chercher dans un dictionnaire des patronymes) : France Senneville – un nom qui évoque la Seine, qui ne coule pas loin, et bien sûr la scène, celle des théâtres, et qui sonne comme prédestiné. France, plus bref et plus euphonique, a remplacé Françoise.

Gilles trouve sa fille très jolie – un avantage indéniable dans la profession qu'elle s'est choisie – mais il ne saurait dire si elle vraiment douée. Naturellement, il est allé voir son spectacle. Elle n'y faisait que trois apparitions en tablier de soubrette : « *Madame est souffrante ? Madame veut-elle que je ferme la fenêtre ?* » - Un peu plus tard : « *Qui dois-je annoncer ?* » - Au troisième acte : « *Voilà Monsieur le Comte...* ». Elle gambadait en agitant les bras, parlait d'une voix perchée – en somme, une interprétation convenue de la soubrette de vaudeville. Mais Gilles n'y connaît pas grand-chose. Dans toute sa vie, il a dû aller quatre ou cinq fois au théâtre et chaque fois il a dormi la moitié du temps. Claire était obligée de le secouer quand il commençait à ronfloter. C'est devenu un sujet de plaisanterie à la maison, « *Papa qui dort au théâtre...* ». Sa fille lui a appris que les comédiens, et pas seulement dans les pièces de boulevard, ont une technique imparable quand ils sentent que leur public s'assoupit : ils le réveillent d'un cri perçant ou d'une bruyante cavalcade sur les planches.

Xavier, le cadet, est encore au lycée ; il entre en troisième à la rentrée prochaine. Il étudie dans un établissement du centre de Versailles où Gilles le dépose chaque matin en partant au bureau. Le soir, après la classe, le garçon rentre par ses propres moyens en autobus, ce qui l'oblige à marcher trois cents mètres pour se rendre à l'arrêt le plus proche, puis à peu près autant à l'arrivée pour gagner la maison. Il réclame une mobylette.

Depuis deux ans, leur relation a changé. Xavier ne se précipite plus au devant de son père quand il rentre du travail, ne reste plus à ses côtés à l'observer pendant qu'il bricole ou s'occupe du jardin, ne le regarde plus avec des yeux pleins d'admiration et d'attente. A quinze ans, il mesure déjà un mètre quatre-vingt. Quand un père doit lever la tête pour parler à son fils, croiser ses yeux, il a l'impression de s'enfoncer dans la terre. (Et que ressent un fils, encore presque un enfant, quand il découvre un jour qu'il doit regarder son père « de haut » ?). Gilles a l'impression que son enfant s'éloigne. Et les choses se sont encore détériorées ces derniers mois. Xavier n'est pas le genre d'ado à tenir tête à ses parents, à leur parler mal (il se retrouverait immédiatement en internat) mais, quand on discute ou qu'on plaisante en sa présence, il a une façon de rouler des yeux, de prendre silencieusement sa sœur à témoin, ou de piquer du nez dans sa BD, les joues brusquement empourprées, les oreilles écarlates, on a l'impression d'avoir proféré la plus colossale des âneries. Aux repas, il vide son assiette à toute vitesse (de ce côté, pas d'inquiétude, il a bon appétit) pour afficher ensuite un air d'ennui, de souffrance stoïque tels qu'il met ses parents mal à l'aise et qu'ils finissent par lui donner l'autorisation de quitter la table. S'il ne va pas jusqu'à claquer les portes, on assiste alors à des sorties hâtives, des départs précipités de la maison, cette prison qu'il faut fuir au plus vite.

Mais le plus triste, c'est que Xavier a désappris à rire (du moins en présence des adultes). C'était un petit garçon joyeux et plein d'humour, toujours à improviser des mimiques et des jeux de mots tordants, et on se trouve maintenant devant un girafon taciturne, n'adressant la parole à ses parents que pour le nécessaire (signature de son carnet de notes, argent de poche, cette histoire de mobylette qu'on lui refuse parce que les routes entre la maison et le lycée sont dangereuses), une espèce d'étranger, grave, distant, un peu pâle. – Bon, quinze ans... La seule chose à faire est de prendre son mal en patience en se disant qu'on était sans doute pareil à son âge.

Avec Claire, ça va à peu près. Au bout de deux ans de mariage, elle avait découvert qu'elle n'était plus amoureuse de son mari, ce qui avait mis un terme à ses élans passionnés, à son empressement au moindre signe, à son extraordinaire disponibilité, mais en même temps – et là c'était tant mieux, Gilles ne pouvait que s'en féliciter – aux scènes, aux crises de larmes, à la jalousie... Son revirement avait été rapide et spectaculaire. Un beau matin, elle s'était mise à parler haut, à rire sans motif, à s'ébrouer dans l'appartement en secouant ses cheveux comme un yearling lâché sur un pré. Son premier enfant mis au monde, elle se sentait forte. Libérée du carcan amoureux, du souci constant de se rendre aimable, Claire était passée à autre chose : les soins à sa progéniture, le shopping, le sport, ses amis du tennis-club des Glycines, un semblant de vie mondaine, probablement pimentée de quelques passades discrètes que Gilles soupçonnait à son changement d'humeur. Soudain elle devenait plus gaie, plus éclatante, et même plus gentille, plus attentionnée pour lui. N'ayant pas un tempérament possessif, il n'était ni jaloux, ni inquiet. Sa femme tenait à sa famille, à sa maison, à sa situation sociale, il savait qu'elle ne ferait rien qui puisse en détruire l'équilibre. Et en effet, quelques semaines plus tard, retour à la normale : une vie sans trop de heurts, le train-train ordinaire, empreint par périodes d'une certaine maussaderie.

Les premières années, comme la plupart des couples, ils avaient eu des discussions, des disputes. Claire lui reprochait de ne l'avoir jamais aimée. C'était vrai en un sens, Gilles ne s'était même pas posé la question. Il avait une famille, une jolie maison, il réussissait dans une profession qui lui plaisait, que demander de plus ? Il avait fini par couper court en l'assurant qu'il l'avait aimée, qu'il l'aimait autant qu'il en était capable. Pour le sentiment, ça faisait peu, il en était conscient. Quant au reste, les responsabilités, la sécurité, le confort, Gilles ne voyait rien à se reprocher, on peut même dire qu'il y consacrait sa vie.

— Qu'est-ce que t'as, aujourd'hui ? Tu as l'air bizarre, dit Claire en reposant son verre.

— Va y avoir du nouveau à la boîte. Il est question de remplacer les directeurs.

— Tous les deux ?

— Ils partent ensemble. C'est Dupont et Dupont, ces deux-là...

— Tu connais leurs remplaçants ?

— Non. On ne sait même pas d'où ils viennent.

— Et c'est ça qui t'inquiète ? demande Claire, aussitôt alarmée. Qu'est-ce qui pourrait se passer ?

— Aucune idée.

— Ils vont réorganiser ?

— On peut s'attendre à des mouvements, c'est certain.

— Des licenciements ?

— Probable.

— Eh ben dis donc, lâche-t-elle.

Au Club des Glycines, Claire a connu une femme dont l'époux avait perdu son emploi. C'était quelqu'un pourtant, un ingénieur aéronautique qui avait débuté chez Dassault, était arrivé à un poste important et croyait bien y finir sa carrière. Quelque temps après, avant même l'expiration de son abonnement au club, cette femme avait arrêté le tennis. On l'avait encore vue deux ou trois fois dans un barbecue, un dîner, puis elle avait disparu de la circulation. Une mort sociale. Une seconde, Claire s'imagine dans la même situation, rejetée de son petit groupe snob de la moyenne bourgeoisie versaillaise, sa position d'épouse de cadre supérieur anéantie ; d'un jour à l'autre, le bel édifice construit année après année pouvait s'écrouler comme une tour d'allumettes...

– T'en fais pas, lui dit Gilles, je ne risque rien. Vingt ans d'ancienneté, tu penses à ce que ça leur coûterait... Et pour quel motif ? Je n'ai rien à me reprocher, moi. Il faudrait qu'ils montent une histoire et ils doivent bien se douter que je me défendrais.

C'est la pure vérité, dans ses fonctions aux Services généraux, Gilles est inattaquable. Il s'est toujours gardé de se compromettre en acceptant des cadeaux des fournisseurs ou leurs tentantes invitations pour des voyages lointains (l'Ile Maurice, les Seychelles, Antigua...), ces vacances luxueuses déguisées en séminaires professionnels. Quelquefois, il a même dû feindre de ne pas comprendre leurs allusions à peine voilées à des versements de commission discrets sur quelque compte bancaire *offshore* ou zurichois. En vingt ans, il est resté incorruptible, il a toujours su dire non.

Sauf une fois, mais à l'époque il n'était qu'adjoint, ce n'était pas lui mais son supérieur et la direction générale qui passaient les marchés et signaient les contrats ou les commandes. Bref, un beau jour, au début du printemps, un grossiste en produits alimentaires spécialisé dans la restauration d'entreprise qui briguait la clientèle d'Urba-Immo (et peut-être, à terme, celle de tout le groupe FARGUES), s'étant avisé que leur actuel Directeur des Services généraux approchait de la soixantaine, et préparant l'avenir, il avait décidé de s'intéresser à celui qui logiquement devait lui succéder.

Après avoir convié Gilles à déjeuner deux ou trois fois, dans le but de tisser des liens plus étroits avec un homme potentiellement capable de lui ouvrir les portes d'un univers riche de milliers de bouches affamées, il l'avait invité avec son épouse à passer une semaine dans la villa qu'il possédait à Saint-Barthélemy. Bien qu'il n'eût pas envisagé une seconde d'accepter, Gilles, par pure vanité, avait commis l'erreur d'en parler à sa femme. Claire venait d'accoucher de son deuxième enfant. Apprenant que son mari se préparait à décliner l'invitation, elle avait explosé : ils ne sortaient jamais (ce qui était très exagéré), elle passait son existence cloîtrée dans leur cage à poules de Saint-Cloud avec deux marmots en bas âge et il allait refuser une semaine de vacances pour eux deux à Saint-Barth ! La discussion avait duré trois jours. Claire n'en démordait pas et Gilles avait fini par céder. Elle avait trouvé une personne de confiance pour garder les enfants et ils s'étaient embarqués, assez joyeusement il faut le reconnaître, pour les Antilles.

Enfin, cette histoire, c'était il y a longtemps, et Gilles, qui avait eu droit en rentrant à des remarques acerbes en forme d'avertissement de son supérieur, avait jugé prudent de ne pas recommencer.

– Tu as quand même cinquante-trois ans, lui fait remarquer Claire avec un vague ressentiment.

Gilles se défend :

– Pas tout à fait. – Non, reprend-il après un profond soupir (en fait il ne se sent pas aussi tranquille qu'il le dit), rassure-toi, en ce qui me concerne, il n'y a aucun risque. Et comme pour conjurer sa propre inquiétude : – Une qui est mal partie, c'est Suzanne Servent...

– Suzanne Servent ?

– La directrice des Ressources humaines.

– La petite grosse, là ? dit Claire qui l'a rencontrée quelquefois à la réception de Noël d'Urba-Immo.

– Quarante-neuf ans... et elle n'est pas très aimée dans la maison.

– Et bien qu'est-ce que tu veux.

– Le problème, c'est qu'elle aura du mal à retrouver quelque chose.

– Quarante-neuf ans, elle a fait son temps.

Devant le monde, Claire eût affiché un air apitoyé : en public, elle se conforme instinctivement à l'opinion et aux comportements majoritaires. Gilles l'a déjà vue approuver à trois jours d'intervalle et avec le même air pénétré des points de vue radicalement opposés. Mais en général elle préfère s'abstenir d'exprimer un avis et se contente de balancer la tête dans tous les sens, un hochement indéfinissable, tout en promenant sur l'assistance un sourire conciliant qui dit clairement oui, oui bien sûr, oui à tout ce qu'on voudra... – Tandis qu'avec son mari, et même devant ses enfants, elle ne craint pas d'exprimer les sentiments les plus brutaux.

– Elle est mariée ?

– Divorcée.

– Voilà ce qui arrive quand on fait passer sa carrière avant tout.

La consolation des « *femmes au foyer* » : voir celles qui avaient une profession, qui bossaient comme des hommes et ne se privaient pas de les considérer de haut, se casser la figure. Au fond, se dit Gilles, elle n'a pas tout à fait tort : à quoi bon feindre, jouer la comédie de la compassion quand la vérité est qu'on ne pense qu'à soi, à l'éducation de ses enfants, à sa prochaine voiture, aux traites restant à payer pour la maison...

Subitement égayée, Claire se dessine à deux mains une paire de seins rebondis :

– Avec sa poitrine de matrone…

– Et ses tailleurs de directrice de pensionnat…

Ils partent à rire tous les deux, puis Gilles hasarde une estimation :

– Elle a bien pris dix kilos depuis son arrivée.

– Le laisser-aller, ça ne pardonne pas, énonce Claire, se sentant du coup l'âme d'une battante.

– Et malheureusement pour elle, ils n'auront pas de mal à la remplacer. Tout ce qu'on lui demande, au fond, c'est d'exécuter les ordres. C'est à la portée de n'importe qui.

– Et bien qu'est-ce que tu veux, répète Claire en guise de conclusion. – Bon, alors ça tient toujours, tu nous rejoins la semaine prochaine à Biarritz ?

– Pas avant une dizaine de jours. J'ai encore pas mal de choses à régler au bureau.

Pendant le mois d'août, Urba-Immo tourne au ralenti avec à peu près un tiers du personnel. Un bon moment pour ceux qui restent : pas de chef sur le dos, moins de stress, la circulation en ville et sur l'autoroute plus facile. Certains de ses collègues prennent leurs congés en juillet rien que pour profiter en rentrant de cette période d'accalmie ; d'une certaine façon, ça double leur temps de repos. Mais Claire aime la grande chaleur, la promiscuité, la bousculade aoûtienne, changer de tenue tous les soirs, être regardée, regarder les autres…

Les attentats contre les touristes l'ayant définitivement dégoûtée des destinations exotiques, chaque année, depuis quatre ans, elle loue pour un mois un bel appartement de vacances à Biarritz, avec terrasse et vue sur la mer. Une mer sauvage, un océan magnifique et terrible, aux rouleaux si puissants que même en venant s'écraser sur la grève ils sont encore capables de renverser les baigneurs assez courageux pour s'y aventurer, et qu'elle préfère admirer de loin. Pendant que les enfants sont au tennis ou à l'école de surf, elle passe ses journées à se faire bronzer sur la plage ou au bord de la somptueuse piscine, dominant l'océan, de l'Hôtel du Palais.

De son côté, ayant visité tout ce qui se pouvait visiter au cours de son premier séjour, heureux de sa solitude et de sa liberté, Gilles prend sa voiture et s'en va explorer la campagne environnante, à l'intérieur des terres ou sur la côte, poussant parfois jusqu'à Hendaye par la route littorale. Mais, quoi que chacun ait choisi de faire de sa journée, rituellement, ils se retrouvent tous les quatre à la terrasse de la Brasserie du Phare à l'heure de l'apéritif. Ils dînent dehors presque chaque soir. Dans un restaurant du bord de mer, ou dans une auberge de l'arrière-pays que Gilles a découverte au cours de ses explorations. Quelques jours de vie aisée et insouciante gagnés toute l'année au prix d'un labeur acharné. La première semaine, Gilles se repose, il se change les idées. La deuxième semaine, il s'ennuie.

2

Le premier lundi de septembre, jour de l'entrée en fonctions des nouveaux directeurs, le personnel d'Urba-Immo au complet et sur son trente-et-un (coupe de cheveux réglementaire et costume-cravate pour les hommes, brushing impeccable et look professionnel strict pour les femmes) est rassemblé dans la grande salle de réunion du quatrième où doivent avoir lieu les présentations. On échange quelques mots à mi-voix, quelques sourires blasés. Aucune raison de s'inquiéter pour l'instant, ça sera souriant, aimable. Présentation des équipes aux nouveaux dirigeants, assaisonnée d'une ou deux plaisanteries convenues. Félicitations par le directeur du Développement pour les résultats obtenus au cours du dernier exercice (après une crise de dix-huit mois, une période vraiment noire, les affaires ont repris doucement et l'entreprise semble sur la bonne voie). Brève allocution du DG avec encouragement à maintenir les efforts, et même à les redoubler car le challenge est à présent de tirer le meilleur parti de la conjoncture économique à nouveau favorable, dont nul ne sait combien de temps elle va durer... etc.

La réunion se déroule comme prévu et, sur un stimulant « *Et maintenant, au travail !* », les managers regagnent leur territoire du dernier étage tandis que le personnel se disperse dans les piétinements et les murmures. Les chefs de service seront reçus un par un l'après-midi et ils n'ignorent pas que l'entrevue sera moins bon enfant. Même avec plusieurs années d'ancienneté, ils peuvent s'attendre à une remise à zéro du compteur, à un interrogatoire équivalant plus ou moins à un entretien d'embauche, un truc déplaisant à l'issue incertaine, assorti de l'impression humiliante d'être redevenu demandeur d'emploi.

Gilles Lapierre a soigneusement préparé son discours. Sa tactique sera d'éveiller d'emblée l'intérêt et la curiosité de ses interlocuteurs, en s'arrangeant pour garder la parole le plus longtemps possible de façon à réduire au minimum les questions embarrassantes, les pièges, tout l'arsenal mis en œuvre pour le déstabiliser.

A quinze heures trente, appel de la direction générale : c'est à son tour de comparaître. La nouvelle assistante l'attend dans l'entrée, silhouette gracieuse couronnée d'un casque de cheveux bouclés de couleur auburn, le teint constellé de taches de rousseur, avec de beaux yeux bleus résolument inexpressifs. En murmurant « Manuelle Germain », elle tend à Gilles une main douce et tiède, vite retirée, et lui ouvre la porte.

Le Directeur général est assis à son bureau, le Directeur administratif et financier est debout à sa droite – Guy Prévault et Jean-Claude Legrand : leurs noms ont été prononcés à la réunion de ce matin mais Gilles ne sait pas encore lequel attribuer à qui. Le DG est un homme corpulent dans la cinquantaine, portant des lunettes carrées à fine monture d'or. Il montre un visage aimable, l'air ailleurs ; on le devine occupé d'affaires autrement importantes que le train-train de l'entreprise. La première impression de Gilles – impression bientôt confirmée par le fait qu'il ne prendra pas une seule fois la parole durant l'entretien – est qu'il a l'intention d'en abandonner les rênes au grand échalas planté à côté de lui.

Nettement plus jeune que le DG – Gilles ne lui donne pas plus de quarante, quarante-deux ans –, le nouveau Directeur administratif est vêtu d'un sévère costume gris foncé, cravate à rayures marine, chemise blanche à col raide : le style grande école, l'uniforme de ceux qui commandent, on sait tout de suite à quoi s'en tenir. Il commence à grisonner sur les tempes, mais une toison drue de cheveux noirs coupés court recouvre son crâne oblong. Du haut de son mètre quatre-vingt-cinq, il considère avec froideur l'homme au visage empâté, aux cheveux poivre et sel clairsemés qui vient vers lui dans un veston croisé trop large (probablement pour faire oublier son embonpoint), le pantalon tombant sur ses chaussures, le nœud de cravate insuffisamment serré. L'immeuble d'une entreprise comptant près de cent vingt employés est un navire dont le directeur des Services généraux connaît tous les rouages. S'il n'a pas le pouvoir d'en définir les orientations, à son poste, et après vingt années dans la maison, il dispose de tous les moyens d'en gripper la machinerie, pour faire obstacle, par exemple, à des décisions qui lui déplairaient touchant l'organisation interne.

Flairant de la défiance à son égard, Gilles change son fusil d'épaule : mieux vaut ne pas se montrer trop brillant, trop sûr de soi. Il a relu ses dossiers, appris quelques chiffres par cœur juste avant l'entretien. Laconique et précis, il se contentera de répondre aux questions. Combien de places dans le parking ? Combien de voitures de fonction et de quelle marque ? Le budget annuel ? Pendant qu'il égrène ses réponses, sans notes, du tac au tac, le DA le scrute d'un œil aigu, comme s'il le soupçonnait à l'avance de malversations.

A présent, le budget du restaurant d'entreprise. Chiffre annuel ? Dépenses par mois ? Gilles divise de tête le montant annuel par dix, arrondit le résultat et annonce un chiffre mensuel approximatif. Le DA rectifie sèchement avec la moyenne mensuelle exacte. Il est donc meilleur en calcul mental que lui. Prudent, Gilles s'abstient de lui faire remarquer que la moyenne mensuelle ne veut pas dire grand-chose, les montants varient en fonction de la saison, la dépense étant plus élevée les mois d'hiver. Puisqu'on en est au sous-sol, il en profite pour placer un mot sur son projet de salle de sport… Un projet qu'il a longuement préparé… Toutes les études prouvent que ce type de dispositif à l'intérieur d'une entreprise améliore les performances du personnel… Sarcastique, le DA l'interrompt : « Leurs performances sportives ? ». Il est content de sa pique. Bien qu'il soit assez bel homme en dépit de son crâne en pointe, il sourit très laidement d'un sourire à bouche fermée qui lui fend la moitié inférieure du visage d'un arc de cercle tirant la commissure gauche de sa bouche jusqu'au milieu de la joue. Gilles se trouble : « Non, bien sûr, leurs performances professionnelles… leur implication au travail, les résultats… Les études montrent bien… ». Abrégeons, le coupe l'autre. La maintenance ? Budget global ? Combien d'employés y sont affectés ?... On a vraiment besoin d'autant de monde en interne avec ce que coûtent les prestataires extérieurs ?... Encore une fois, Gilles perd pied, bafouille un peu.

Le DG qui les écoutait d'une oreille distraite met charitablement un terme à l'entretien et donne congé à

Gilles avec un mot de remerciement. La visite a duré un quart d'heure.

Quand Gilles ressort, la nouvelle assistante de direction est toujours dans l'entrée. Escarpins beiges, chevilles fines, jolies jambes gainées de bas clairs presque invisibles. Elle bavarde avec la jeune réceptionniste de l'étage, qui n'est pas très occupée la plupart du temps et devra probablement l'assister pour la frappe du courrier et des rapports. La petite a donc toutes les chances de garder sa place : il n'est pas mauvais quand on arrive quelque part d'avoir sous la main une personne qui connaît déjà la maison. En retournant à son bureau, Gilles croise, sortant de l'ascenseur, le directeur du Développement convoqué chez le DG après lui et qui l'interroge d'un coup d'œil. Gilles lui répond par une mimique dubitative.

Le lendemain, à l'heure du déjeuner, la Brasserie de la Grande-Armée, située en face de l'immeuble, de l'autre côté de l'avenue, est bondée. Comme tous les jours, la moitié de la clientèle du restaurant est représentée par les cadres d'Urba-Immo qui ont fait de cet établissement leur cantine. Un bourdonnement confus monte des tables, nourri par la rumeur de restructuration qui court depuis la veille.

Ce n'est pas que ce soit nouveau. Chez Urba-Immo, la restructuration est un moyen de gouvernement, quoiqu'elle se limite d'habitude au Département commercial. Tous les six mois, la direction secoue le shaker. Le responsable de ceci, devient le chef de cela, héritant d'une équipe elle-même éclatée et revigorée par le « sang neuf » de jeunes recrues tout juste sorties de leur école de commerce. Ces refontes chroniques sont censées élargir l'éventail des compétences, ouvrir les esprits, éviter la sclérose, améliorer la compréhension entre collègues, faire en sorte que tous se connaissent et n'ignorent pas les problèmes de l'autre. En réalité, il s'agit surtout de déjouer les solidarités, d'éviter la formation de clans. Que les gens qui travaillent ensemble n'aient pas le temps de nouer des alliances afin de défendre leurs propres intérêts contre ceux de l'entreprise. Cette fois, cependant, les choses risquent d'être plus sérieuses : le renouvellement de la direction fait craindre une restructuration d'ensemble s'appliquant à tous les Services et qui s'accompagnerait automatiquement d'un licenciement collectif – d'où la nervosité ambiante.

A l'arrivée de Gilles Lapierre et de Suzanne Servent, le brouhaha du restaurant retombe, les voix s'éteignent sur leur passage. Les compétences très spécifiques du directeur des Services généraux et de la DRH les ont jusqu'ici mis à l'abri des remaniements. Presque dix ans dans la place pour l'une, vingt ans pour l'autre ! Mais à présent, ce pourrait bien être leur tour, et il ne s'agirait pas d'une simple permutation. Vu leur âge, il y a tout lieu de penser qu'ils prendraient carrément la porte : à l'étage directorial, au sommet de la pyramide, les nouveaux managers vont vraisemblablement placer des collaborateurs plus jeunes, plus souples, qu'ils formeront à leur idée. En se dirigeant vers leur table, Gilles et Suzanne sentent peser sur eux quelques regards faussement apitoyés.

Le bourdonnement des conversations reprend, le cliquetis des couverts, les glissades des serveurs sur le sol dallé. Près de l'entrée, illuminé par le rayon de soleil qui traverse la vitre, flamboie le casque roux de cheveux bouclés de l'assistante du DG. Gilles se souvient parfaitement de son nom : cette femme ravissante se nomme Manuelle Germain.

Un mois plus tard, la nouvelle organisation est en place. Au contraire de ce qu'on redoutait, il n'y a pas eu de restructuration d'ensemble : les changements ont surtout touché l'étage de la direction et le département commercial. On espère que ça va s'arrêter là.

Pendant deux jours, il y a eu un beau remue-ménage, d'incessantes allées et venues dans les ascenseurs et les couloirs de commerciaux mécontents et râleurs, accompagnés des hommes de la maintenance qui les aidaient à transporter leurs dossiers et, pour ceux qui refusaient de changer d'ordinateur (même après effacement, on peut toujours faire cracher de la mémoire a un disque dur), leur matériel.

Sous le contrôle du Directeur administratif (son nom est Guy Prévault, tout le monde sait maintenant qui s'appelle comment), la DRH a organisé les transferts avec zèle, heureuse de déployer sa compétence et de montrer à son nouveau patron qu'elle était prête à collaborer. Les restructurations sont un moment privilégié pour elle, l'occasion de donner libre cours à ses talents de psychologue. Ça ne va pas sans une certaine perversité. Elle adore ça, Suzanne Servent, déplacer les gens comme des pions, enquiquiner le monde avec le bon droit de son côté, jouir de son modeste pouvoir. Naturellement, c'est humain, elle a ses têtes, ceux qui n'ont jamais de mal à obtenir un rendez-vous, dont elle écoute les souhaits d'une oreille attentive et qu'elle s'arrange pour favoriser.

Puisque Prévault ne connaissait encore personne dans l'entreprise et désirait seulement, dans un premier temps, bousculer un peu les choses, la marge d'initiative de la DRH était réelle. Elle a sélectionné les dossiers de gens susceptibles d'être déplacés, exposé leurs états de service et les appréciations des anciens directeurs, en saupoudrant le tout de ses propres observations sur leurs qualités et leurs travers. Le nouveau DA a ainsi fait la connaissance des uns et des autres sur le papier. Cent vingt employés, c'est trop pour que la DRH puisse les connaître tous : la plupart se réduisent pour elle à quelques feuilles rassemblées dans une chemise cartonnée ou à des pins piqués sur un organigramme mural bien tenu.

Le Directeur général, Jean-Claude Legrand, vient d'une autre filiale du groupe ; il a été transféré avec son assistante qui le suit depuis vingt ans dans toutes ses affectations. Suzanne a donc ouvert un dossier pour Manuelle Germain, en l'enrichissant au crayon de ses remarques personnelles. Madame Germain est née en 1965, ce qui lui fait quarante-deux ans (*elle en paraît dix de moins* : *lifting ?*). Née un 25 octobre, elle est donc du signe du Scorpion (*méfiance...*). Célibataire. Bien habillée (*un peu trop*). Habite avenue Charles-de-Gaulle à Neuilly (*tâcher de s'informer sur son milieu d'origine*). Comme Gilles l'avait prévu, on lui a donné comme opératrice de saisie la jeune réceptionniste de l'étage qui a pu ainsi conserver sa place.

Le DG a engagé un adjoint venu de l'extérieur, Paul Tardieu, trente-quatre ans. Sup de Co, plus MBA d'Harvard. C'est le fils d'un ancien ministre. Il a pour assistante la jeune Jocelyne Couraud, vingt-trois ans, une chouchoute de la DRH, pêchée par cette dernière au Département commercial.

Le Directeur administratif n'est pas non plus un homme du bâtiment (le bruit court qu'il vient du secteur bancaire). Comme il est arrivé sans assistante, Suzanne lui a présenté trois jeunes femmes, choisies elles aussi dans le vivier du Commercial où travaillent les secrétaires les plus performantes de la maison. Des « championnes », comme on les appelle en plaisantant, capables de gérer les rendez-vous et de taper le courrier et les rapports de trois ou quatre commerciaux en même temps, ce qui n'est pas une mince affaire, et qui tiennent le coup à ce rythme depuis plusieurs années alors que la longévité moyenne des assistantes dans ce département n'excède pas deux ans : en dépit de leurs généreux salaires, la plupart des nouvelles venues renoncent au bout de six mois, après force crises de larmes, crises de nerf et tentatives de conciliation infructueuses avec les jeunes commerciaux dont le turn-over dans l'entreprise est lui-même étourdissant.

La raison d'être d'Urba-Immo, filiale immobilière de FARGUES-BTP, est de construire des immeubles dans le but principal de fournir du travail aux entreprises de bâtiment du groupe. Il s'agit de repérer des terrains assez grands et bien situés, persuader les propriétaires de vendre à un prix raisonnable, séduire, au moyen de promesses d'aménagements divers, des riverains peu enthousiastes à l'idée de voir s'installer près de chez eux un chantier qui les dérangera pendant des mois, pour faire place, une fois terminé, à un édifice qui les plongera dans l'ombre ou leur bouchera la vue, convaincre les maires des communes et les préfectures de délivrer les permis de construire, un petit tour par les banques, et hop, c'est parti.

Pour initier les affaires, et en premier lieu trouver les terrains, la société recrute des bataillons de jeunes diplômés qu'elle expédie dans la nature afin de les former et de tester ce qu'ils valent. Il faut voir ces garçons débarquer dans leur premier emploi, tout farauds dans leur premier costume de cadre, avec leur attaché-case flambant neuf : de jeunes coqs lâchés au milieu de la basse-cour. Le nez en l'air, ils se pavanent devant les secrétaires, les bombardent d'ordres contradictoires et de compliments graveleux, ou se moquent cruellement entre eux – mais à voix haute – de leurs défauts physiques. « Patience, conseillent les anciennes aux nouvelles quand elles viennent se plaindre de leurs humiliations. Dans quelque temps, ils rigoleront moins. »

Et en effet, trois mois plus tard, première réunion, premier point sur leurs résultats. Le département au complet est rassemblé dans la grande salle. L'un après l'autre, les débutants sont retournés sur le gril. Il va sans dire que la plupart d'entre eux n'ont rien fichu. Mise au pas, engueulade en présence des secrétaires (ça fait partie du dressage) ; c'est à leur tour d'être humiliés.

Dans les semaines qui suivent, un tiers du contingent s'en va en claquant la porte. Ceux qui persévèrent changent radicalement d'attitude. Chaque assistante étant chargée, comme on l'a vu, de l'agenda et de la correspondance de plusieurs commerciaux, tout le jeu consiste à essayer de passer avant les autres en se débrouillant pour se faire bien voir : compliments sur la toilette, bouquets de fleurs, cadeaux d'anniversaire, invitations à déjeuner, ou même tentatives – rarement réussies – pour nouer des liens plus intimes. Les plus malignes leur tiennent la dragée haute, tandis que les anciennes triomphent : « *Hein ? Qu'est-ce que je vous avais dit...* ».

Le Directeur Administratif a donc reçu les « championnes » proposées par Suzanne. Après une conversation de quelques minutes avec chacune, il a choisi la plus jolie. Véronique Martin a vingt-huit ans et c'est une vraie promotion, une formidable opportunité pour elle : un travail plus intéressant, son salaire augmenté d'un seul coup de trente pour cent, le statut de cadre. En allant signer son nouvel engagement, elle n'a pas manqué de remercier chaudement la DRH tout en l'assurant de sa gratitude.

Gilles et Suzanne sont toujours à leur poste, avec leurs adjoints respectifs. Suzanne a engagé la sienne, Evelyne Tullard, trois ans plus tôt, au moment où, après quatre mois de galère au Commercial, elle venait lui remettre sa démission. Fille unique des Etablissements Tullard, le meilleur pâtissier-traiteur de Courbevoie, son avenir était assuré et, comme elle l'avait dit à ses copines (évidemment les choses avaient été présentées en d'autres termes à la DRH), elle ne voyait pas de raison de s'emmerder plus longtemps avec une bande de petits cons.

– Tullard, de Courbevoie ? avait dit Suzanne en parcourant le CV de la démissionnaire. De la famille Tullard, le pâtissier ?

– Ce sont mes parents.

Citoyenne de la même commune, Suzanne connaissait bien cette pâtisserie dont elle était une fidèle cliente. (Les douceurs dont elle y fait provision chaque samedi la consolent un peu de ses week-ends solitaires.) Elle s'était aussitôt sentie en sympathie avec l'héritière de l'établissement.

– Qu'est-ce que vous allez faire maintenant ? Travailler avec vos parents ?

– Sûrement pas ! s'était récriée Evelyne. Titulaire d'un BTS de commerce, la dernière chose dont elle avait envie était de retourner s'enterrer dans la boutique où elle avait été élevée. Elle habitait déjà le studio que son père lui avait acheté dans l'immeuble, c'était largement suffisant.

– Ça vous plairait de travailler avec moi aux Ressources Humaines ? avait alors proposé Suzanne qui venait d'être lâchée par son assistante. Vous y seriez moins bousculée qu'en bas...

Evelyne Tullard n'avait pas mis longtemps à se décider. Il était en effet tentant de s'échapper du troisième étage et de se trouver en position, secondant la DRH, d'embêter à son tour les commerciaux (réticences sur les RTT, complications dans l'aménagement de leurs dates de vacances, vérifications pointilleuses de leurs notes de frais : les occasions de leur faire des difficultés ne manquaient pas...). Un agréable renversement de situation.

Quant à l'adjoint de Gilles Lapierre, Dominique Gausset, il serait plus exact de dire que c'est Gilles qui a été choisi par lui. Premier responsable de la qualité des repas servis à la cantine, le directeur des Services généraux estime de son devoir d'y déjeuner une ou deux fois par semaine. C'est ainsi qu'un jour une nouvelle recrue du Commercial était venue s'asseoir à sa table. En discutant, ils s'étaient découvert des affinités et, quand Gilles était présent, ce jeune homme avait pris l'habitude de se joindre à lui. Il l'interrogeait sur son travail, posait de bonnes questions. Les Services généraux semblaient l'intéresser et il avait dû penser que ce serait une activité moins stressante que le forcing qu'on lui infligeait dans son propre département car, au bout d'un temps raisonnable, il avait fait savoir qu'il aimerait y travailler. Aussi, quand son adjoint l'avait quitté, Gilles lui avait tout naturellement proposé la place.

Depuis bientôt six ans qu'ils collaborent, Gilles en est satisfait dans l'ensemble. Dynamique, ingénieux, diplomate, Gausset le seconde efficacement. Il tape lui-même une grande partie de la correspondance sur

Internet, le reste du secrétariat étant assuré par les services Comptabilité et Administration.

Pendant l'été, la moquette de l'étage directorial a été changée ; elle est toujours de teinte bouton d'or mais, comme elle est neuve, paraît un ton plus clair. Les bureaux ont été repeints ; selon les vœux de chacun, des améliorations y ont été apportées : sièges ergonomiques, branchements plus discrets des appareils, réglage et meilleure disposition des lumières. L'insonorisation des bureaux directoriaux a été renforcée, le mobilier *Empire* de l'ancien Directeur général remplacé par un mobilier contemporain plus conforme aux goûts de son successeur.

En ce début octobre, commodément installés, avec ce sentiment de sécurité et de pouvoir qu'on peut éprouver quelques heures par jour dans des bureaux confortables, presque luxueux – couleurs chaudes, éclairage savamment dosé, bruits étouffés, parfum délicat répandu par les diffuseurs que les femmes de ménage continuent d'actionner chaque matin malgré la disparition des cigarettes –, les onze occupants de l'étage directorial sont sur le pied de guerre, prêts à attaquer le nouvel exercice.

Le temps a changé brusquement. On n'est qu'au troisième week-end d'octobre mais un ciel gris, presque hivernal, pèse sur les toits d'ardoise, les cimes des arbres, et assombrit l'or des feuilles tombées sur le sol ou encore accrochées aux branches. En ouvrant la fenêtre d'un mouvement brusque, Gilles laisse entrer dans la chambre un grand souffle humide et frais qui arrache un cri à sa femme et la fait se cacher sous les couvertures. Il rit et referme les battants.

Après sa douche, il enfile avec plaisir, malgré une légère odeur de naphtaline, un pantalon de velours côtelé et son vieux pull de laine chinée. Enroulant autour de son cou une écharpe, il sort dans le jardin balayé par une brise froide et en rapporte du petit bois et des bûches pour allumer un feu dans la cheminée du séjour, le premier feu de l'année. Il a l'intention de profiter du week-end pour ranger sa bibliothèque. Il sent un besoin d'ordre, le besoin de faire de la place.

Son samedi se passe à dépoussiérer et à reclasser ses livres par ordre alphabétique d'auteurs, à trier ses archives, à brûler dans l'âtre les papiers devenus inutiles. Une journée calme et solitaire. Claire est partie faire des courses à Paris. Elle a prévenu qu'elle y déjeunerait et a disposé sur une assiette un reste de gigot aux haricots verts que Gilles n'a eu qu'à réchauffer au micro-ondes. Xavier passe la journée chez un copain, à les en croire pour étudier des maths, ils ont pris du retard et veulent se remettre à niveau. Des enfants studieux. Françoise répète avec un ami de son cours de théâtre. Quoi qu'elle fasse désormais, où qu'elle aille et quelle que soit l'heure, c'est pour répéter. Sa mère l'a déjà conduite chez une gynécologue pour lui apprendre à se protéger pendant ses « répétitions ».

Claire rentre un peu avant six heures trente et allume aussitôt la télévision. Elle fait partie d'une association de parents d'élèves et veut regarder l'émission *Questions pour un champion*, consacrée ce soir à un affrontement entre le lycée versaillais où est inscrit son fils et un établissement de la banlieue sud. Elle appelle son mari à la rejoindre, lequel interrompt son classement et s'installe à côté d'elle.

L'émission vient de commencer. Quatre élèves de Seconde et de Première font face à l'animateur, deux garçons et deux filles, de seize à dix-sept ans. Ce sont les meilleurs de leur classe, ils ont été élus par leurs condisciples et par leurs profs pour représenter leur lycée, puis ont passé avec succès un test de sélection devant les organisateurs de l'émission.

L'animateur interroge :

– Un adjectif désignant un terrain de l'ère secondaire qui constitue la plus grande partie du sous-sol du Jura ?

Les quatre paires d'yeux s'arrondissent, les mains s'immobilisent au-dessus du poussoir.

– Le Jura, répète l'animateur, un terrain du Jura…

Silence complet. La figure des candidats exprime une perplexité profonde.

– Allons, le Jura… le Jura… à l'ère secondaire… un terrain du JURA !... leur souffle quasiment l'animateur sans parvenir à les faire sortir de leur sidération.

Heureusement, la sonnerie retentit ; le temps de réponse est dépassé.

– Mais le jurassique, voyons ! Le JURA…SSIQUE.

Tout s'éclaire. La réponse était dans la question ! L'un des garçons pouffe, plié en deux devant l'évidence.

– *Jurassic Park*, prononce l'autre garçon sans raison précise, par simple association d'idées.

Question suivante :

– Combien font 20% de 20 ?

Encore une question-piège ! Sans même prendre la peine de chercher, les candidats arborent une expression vaguement scandalisée. L'une des jeunes filles lève au ciel un regard excédé, comme si elle se trouvait aux prises avec un examinateur pervers.

Patiemment, l'animateur répète sa question, sans plus de succès.

– Pas possible, s'exclame Claire, ils sont impressionnés.

– Je ne crois pas, dit Gilles, il y en aurait au moins un pour répondre.

– Mais c'est du niveau de CM2 !

– L'habitude de la calculette...

De nouveau, la sonnerie les délivre.

– Quatre ! Quatre voyons ! Un cinquième de vingt ! s'écrie l'animateur, sans susciter cette fois la moindre réaction.

La question qui suit porte sur un jeu qui se joue avec des boules d'ivoire et un bâton appelé *queue.* L'animateur insiste : « Des boules d'ivoire, des boules qu'on pousse sur un tapis vert avec une queue... »

Très hésitante, l'une des filles prend un risque :

– ... Cé'l'biar ?

– Hein ?

– Cé'l'biar ?

– Le billard ?...

– Ben... p't'être, fait la candidate, déjà ébranlée.

– C'est ça, c'est le billard ! C'est la bonne réponse... le billard ! triomphe l'animateur, heureux d'avoir réussi à leur arracher quelque chose.

Dans le silence consterné du public du plateau, l'émission s'étire jusqu'à sa conclusion : un élève du lycée de la banlieue sud est vainqueur. « Au royaume des aveugles... », murmure Claire, passablement abattue.

La musique de son portable se superpose à celle du générique de fin. Assis tout près d'elle, Gilles perçoit des protestations indignées dans l'appareil. La mère d'un candidat ? Il interroge sa femme d'un regard explicite en direction de l'écran. Non, ce n'est qu'une collègue de l'association, une autre « parent d'élève ». Evidemment, ce soir, les mères des candidats doivent garder profil bas.

Et Dieu merci, on ne mentionne pas les noms de famille dans l'émission : Versailles est une petite ville.

Plusieurs appels se succèdent. Claire a quitté la pièce pour prendre ses communications dans l'entrée. Gilles l'entend faire les cent pas en proférant des paroles assourdies mais véhémentes. Il sourit intérieurement. A la prochaine réunion de l'association des parents d'élèves, les enseignants vont en prendre pour leur grade.

Le lendemain dimanche, le déjeuner se déroule dans la bonne humeur. Rôti de veau aux petits oignons et tarte aux figues. Les enfants sont présents ; ils n'ont pas le choix : leurs parents tiennent à ces retrouvailles dominicales. « Combien font 20% de 20 ? » demande Gilles à son fils à brûle-pourpoint. « Quatre, dit Xavier. Pourquoi tu me demandes ça ? ». Soulagés, Gilles et Claire échangent un regard entendu.

L'après-midi, le soleil fait une apparition ; les conditions sont donc réunies pour une promenade digestive. Ils se rendent en voiture jusqu'à la lisière du bois de Saint-Cucufa et continuent à pied par les sentiers forestiers humides et parfumés. Les parents cheminent côte à côte en silence, recueillis dans l'accomplissement du rituel de la promenade dominicale en famille ; on n'entend que le crissement des feuilles sous leurs pas. Les enfants marchent devant, éloignés l'un de l'autre. Depuis quelques mois, ils n'ont plus rien à se dire : Xavier est muré dans ses interrogations secrètes de préado ; Françoise, depuis qu'elle a quitté le lycée, se croit une femme.

Et puis le soir tombe, le temps fraîchit. C'est le moment de rentrer et de se rassembler au coin du feu pour le thé. Leur tranche de cake avalée, les enfants remontent dans leur chambre. Claire se rend dans la cuisine tandis que Gilles met la dernière main à son rangement. Le reste de l'après-midi s'écoule lentement jusqu'au dîner, un dîner léger de dimanche soir.

En somme, un week-end paisible, teinté d'ennui, comme ils en ont connu des centaines depuis vingt ans. Mais Gilles se souviendra longtemps de celui-là comme d'un tournant, le témoin et la fin d'une époque où son mode de vie allait de soi et lui apportait un certain équilibre, un temps somme toute heureux où les choses étaient à leur place.

Le lundi matin, Gilles est convoqué dans le bureau du Directeur administratif et financier à la première heure. En arrivant, il a entendu son téléphone sonner depuis le couloir et a couru pour décrocher. L'assistante est à l'appareil : « Monsieur Prévault veut vous voir immédiatement, apportez vos récapitulatifs budgétaires. » – « Quels récapitulatifs ? » fait Gilles. – « Tous, pour chaque poste de dépenses. » – « Laissez-moi au moins le temps de les rassembler... » – « Dépêchez-vous, c'est la troisième fois que j'appelle. Monsieur Prévault s'impatiente. » Le ton de Véronique Martin est sans réplique. Jusqu'ici, Gilles la connaissait comme une fille coopérative, plutôt gentille ; en quelques semaines, c'est devenu une personne sèche, inabordable, comportement insufflé par son nouveau patron, mais qu'elle assume avec une raideur exagérée, donnant parfois l'impression qu'elle se force. Même sa façon de s'habiller a changé. Le style décontracté-branché en faveur parmi les assistantes des étages commerciaux – sneakers, jeans de marque et pulls clinquants – a fait place aux ballerines et à des ensembles classiques, de couleur neutre. De flottants qu'ils étaient, ou bien relevés d'une manière amusante sur le sommet de sa tête et retenus par des peignes fantaisie, ses cheveux sont à présent coupés mi-longs et encadrent sagement son visage empreint d'une nouvelle gravité. Véronique a franchi un cap, pour elle une autre vie commence. Quand Gilles la rencontre dans un couloir, il a droit à un sourire mince et bref, le minimum d'attention, et elle passe son chemin, les yeux sur l'horizon des affaires importantes qu'elle doit désormais contribuer à mener à bien.

– Vous voilà enfin ! s'exclame le DA quand Gilles se présente.

Il est neuf heures vingt. Il y a peu, personne ne se serait permis de lui faire une observation pour un retard matinal d'un quart d'heure. Gilles n'a jamais compté ses heures, part souvent le soir après tout le monde ; de mauvais gré, il explique :

– Les embouteillages.

– Tout le monde est à la même enseigne. Ça ne dispense pas d'être à l'heure, il suffit de partir plus tôt. Vous avez ce que je vous ai demandé ?

Gilles lui tend un épais dossier toilé que le DA pose à côté de lui sans l'ouvrir.

– Alors, Monsieur Lapierre, parlez-moi un peu de votre travail. Vous faites quoi exactement dans la maison ?

– Direction des Services généraux, répond Gilles, interloqué.

– Ça consiste ?

– La restauration d'entreprise, les véhicules, la maintenance des locaux, la sécurité, le gardiennage... – Il ne peut s'empêcher d'ajouter : Comme vous le savez.

– En effet. Soyez plus précis, lui ordonne sèchement Prévault.

Depuis son arrivée, le nouveau directeur ne s'est pas particulièrement intéressé à Lapierre, il avait d'autres chats à fouetter. Quand il le voyait, il se montrait indifférent mais poli ; apparemment, le temps des politesses est passé.

Décontenancé par cette attaque soudaine, Gilles patauge un peu, puis se ressaisit et, par dérision pour le rôle de perroquet qu'on lui fait jouer, commence à réciter sur un ton monocorde :

– Donc mon domaine de compétence, c'est l'organisation, l'intendance : je veille à la bonne marche des différents services placés sous ma responsabilité. La restauration par exemple : entre quatre-vingt et cent repas servis par jour, tout le monde ne déjeune pas tous les midis à la cantine. Le budget s'élève à... – Gilles indique la dépense annuelle pour les repas, le nombre exact d'employés dans la salle de restaurant et la cuisine, le montant total des salaires.

– Mais je suppose que la restauration est sous-traitée ?

– Oui. A la SOREST.

– Et nous avons besoin de tous ces gens aux cuisines ?

– Il faut ça. Ils sont tous largement occupés. Ce sont des employés expérimentés qui travaillent ici depuis plusieurs années. Ils sont bien rodés, ça tourne rond.

– On peut toujours faire mieux.

Faire mieux, c'est-à-dire obtenir plus pour moins cher. Gilles a compris : on veut réduire ses effectifs, lui faire licencier du monde. Il présente ses objections. Il n'a jamais eu de problème avec les budgets alloués qui représentent globalement un pourcentage raisonnable du chiffre d'affaires et se situent dans la moyenne des autres entreprises. Plutôt au-dessous de la moyenne. La

Direction générale précédente était satisfaite, précise Gilles, laissant entendre que c'était au Directeur général et non au Directeur administratif qu'il devait rendre compte. On lui avait même donné le feu vert pour étudier l'installation d'une salle de sport au premier sous-sol de l'immeuble. L'ancienne direction était tout à fait d'accord sur le principe.

– Ah, revoilà votre salle de sport !... s'esclaffe le DA qui a visiblement une autre conception des moyens de motiver le personnel. – Il poursuit : J'ai vu que vous aviez une formation d'ingénieur... Quelle école ?

Mais qu'est-ce qu'il croit ? Que le directeur des Services généraux d'une PME sort de Polytechnique ou des Mines ? Et cette façon de l'interroger sur son diplôme après trente ans de carrière... Gilles a le sentiment qu'on se fout de lui. Qu'on cherche à l'infantiliser, à l'humilier. Bien obligé, il fournit pourtant le renseignement demandé :

– L'INSA de Lyon. Institut National des Sciences Appliquées.

Prévault fait une petite grimace, un rapide pincement de lèvres. Une expression de femme, de bourgeoise méprisante ; à travers certains hommes, on voit la mère, celle qui les a couvés, les couve peut-être encore.

– Une bonne école, se défend Gilles.

– Poursuivez, dit le DA. Le parc automobile ?

Gilles obtempère et continue son exposé service par service, interrompu toutes les cinq minutes par la sonnerie du téléphone. A un moment, il s'embrouille un peu dans les chiffres, lesquels figurent dans le dossier qu'il a apporté mais qu'il n'a pas le moyen de consulter : on le lui a en quelque sorte confisqué à son arrivée. D'ailleurs, c'est sans importance : son interlocuteur ne prête pas attention à ce qu'il dit. Entre ses conversations téléphoniques, qu'il semble prolonger à plaisir, il fouille dans ses tiroirs en produisant un grand bruit de papiers, ou parcourt son courrier, de l'air du type capable de faire plusieurs choses en même temps. Mais il est clair qu'il n'écoute pas, Gilles pourrait lui raconter n'importe quoi.

La séance se traîne une bonne heure, puis tout d'un coup, le coupant au milieu d'une phrase, Prévault plaque bruyamment ses mains sur son bureau et se lève :

– Ce sera tout. Faites-moi un rapport d'activité.

– Un rapport d'activité ? répète Gilles, stupéfait. Mais je viens de vous le faire... Et tous les chiffres sont là, dit-il en désignant le dossier abandonné sur le bureau.

– Rédigez-moi un rapport complet et détaillé. Vos objectifs, les solutions que vous proposez pour améliorer la rentabilité de vos services, votre philosophie professionnelle... Votre vision, quoi ! Vous avez une vision, j'imagine ?

Gilles est ingénieur, c'est un homme en prise avec la réalité concrète. Pas le genre à tirer des plans sur la comète, à rédiger de la théorie, de la philosophie d'entreprise, de la prospective, ces pages et ces pages de bla-bla qui s'amoncellent dans les bureaux et que personne ne lit. Lui, il produit des tableaux de chiffres, des devis de fournisseurs durement négociés qu'il doit faire approuver par la direction, des justificatifs de dépenses qui sont épluchés au centime près par la Comptabilité, et c'est bien suffisant. Quant à son activité, chacun peut en constater les effets rien qu'en faisant le tour de l'immeuble : ils sautent aux yeux depuis le sous-sol jusqu'à la terrasse. Auparavant, quand Gilles avait une idée (sa salle de gym, par exemple, un projet qui lui tenait à cœur et qu'au mépris de plusieurs mois d'efforts le nouveau DA vient de balayer d'une pichenette), il en discutait avec l'ancien directeur et c'était l'affaire d'un quart d'heure. Pas besoin de noircir une cinquantaine de pages pour comprendre à quoi sert une salle de gym : offrir aux employés la possibilité de se détendre en espérant que leurs résultats s'en ressentiront et présenter une bonne image de l'entreprise afin d'attirer et de retenir les meilleurs éléments. C'est ce qui lui avait plu à Gilles quand il était entré dans le BTP : le pragmatisme. Il s'était tout de suite senti comme un poisson dans l'eau parmi ces gens réalistes, parfois brutaux mais cohérents ; des hommes occupés à construire, pas à parler pour ne rien dire.

Prévault se repaît une seconde de l'embarras de son subordonné, puis ajoute avec perfidie :

– Et n'oubliez pas de nous faire part de vos ambitions personnelles, de quelle manière vous voyez votre poste évoluer, comment vous imaginez votre avenir dans la maison.

Directeur des Services généraux, Gilles est à la tête de son département, il n'y a donc pas de promotion possible. La vérité, peu glorieuse il est vrai, c'est qu'à cinquante-trois ans il n'avait d'autre ambition que de continuer comme ça, tranquille, jusqu'à la retraite. La seule évolution qu'il imaginait – qu'il imaginait même très bien – c'était l'évolution de son salaire…

– Merci, le congédie Prévault sans attendre de réponse.

Confus, plein d'une sourde colère, Gilles retraverse l'entrée en évitant le regard de la réceptionniste de l'étage, habituée à plus d'amabilité et qui, vexée, se plonge dans son ordinateur.

A midi trente, Suzanne entrouvre la porte de son bureau : « Tu viens déjeuner ? ». Gilles décline, il a à faire. Une dizaine de minutes plus tard, la plupart des bureaux s'étant vidés, il s'engouffre dans l'ascenseur et parvient à sortir de l'immeuble sans rencontrer personne.

D'un pas rapide, la tête enfoncée dans les épaules, le sang lui battant aux tempes, il remonte l'avenue de la Grande-Armée jusqu'à l'Etoile. Il n'a pas faim. Arrivé aux Champs-Elysées, il entre dans la première brasserie, se laisse tomber sur une banquette, commande un demi et passe l'heure du déjeuner au milieu de la foule, abasourdi, dans l'état d'un homme qu'on vient de frapper par derrière ou qui dormait et qu'on a réveillé d'une gifle.

Dans la maison, tout le monde félicite Jocelyne Couraud pour sa promotion. Par une sorte de grâce, qu'elle a souvent constatée sans la comprendre, mais qu'elle doit à sa joliesse, à sa simplicité, à sa jeunesse exempte d'agressivité, elle ne suscite jamais ni envie, ni aigreur. Quand il lui arrive quelque chose d'heureux, les gens ont toujours l'air de s'en réjouir pour elle. Bien sûr, elle-même est flattée d'avoir été choisie parmi les meilleures de son service et propulsée à l'étage directorial pour assister le DG-adjoint, et elle ne peut qu'être satisfaite de la significative augmentation de salaire qui accompagne ses nouvelles fonctions, cependant elle n'a pas encore trouvé ses marques dans ce qu'elle appelle « *les hautes sphères* ».

Les premiers temps de sa promotion, à la cantine, elle déjeunait encore avec ses copines du troisième étage. Même si celles-ci, histoire de blaguer, lui envoyaient des vannes, elle tenait à leur prouver qu'elle était restée la même. Mais au bout de quelques semaines elle a senti qu'une distance s'installait. Elle n'était plus en phase avec ses anciennes collègues, leurs problèmes, leurs sujets de conversation n'étaient plus les siens. Et le pire était que les filles ressentaient cette différence et la marquaient bien plus qu'elle-même, qui s'efforçait de la faire oublier. N'osant plus s'exprimer franchement devant elle de peur que leurs propos ne remontent à la direction, elles s'interdisaient de parler du bureau, se limitant à des sujets insignifiants, et bientôt elles ne savaient plus quoi dire, il y avait des silences gênés, des regards fuyants. Jocelyne voyait bien qu'elles se demandaient si elle n'était pas envoyée pour les espionner.

De sorte qu'elle a pris du champ et déjeune maintenant à la table de ses collègues de la Direction, leur table réservée, près d'une porte-fenêtre, avec vue sur le jardinet étique aménagé au fond du puits de lumière. Les autres ne semblent pas lui en vouloir. Quand elles font la queue ensemble au comptoir du self-service, elles discutent comme si de rien n'était des mérites du lieu pommes vapeur ou du sauté veau Marengo, et Jocelyne est comme autrefois invitée à leurs pots d'anniversaire, bien qu'elle s'y rende de moins en moins. La vérité, c'est que ses copines sont soulagées de son éloignement.

Jocelyne Couraud vit avec sa mère, Cathy, dans le quartier Bastille – bien au-dessus de la place en vérité, juste avant le boulevard Voltaire, dans une impasse perpendiculaire à la rue de la Roquette. Elles habitent un logement suffisant pour elles deux, trois pièces assez grandes mais basses de plafond, garnies d'un plancher vermoulu recouvert d'un linoléum qui en atténue les inégalités, dans un immeuble vétuste et mal entretenu. Durant toute son enfance, toute son adolescence, Jocelyne a eu honte du logement où elle vivait.

Lycéenne, elle n'osait pas y inviter ses copines de classe ; quand elle a commencé à sortir avec des garçons, elle ne leur permettait pas de la raccompagner jusqu'à sa porte. Depuis qu'elle travaille, avec leurs deux salaires, elles pourraient en faisant un peu attention louer quelque chose dans une de ces résidences modernes qui poussent un peu partout dans le quartier, s'insérant au hasard entre les immeubles délabrés. Elle a déjà fait visiter plusieurs appartements à sa mère, mais celle-ci s'est toujours montrée réticente, rien n'était jamais à son goût : pièces trop petites, salle de bain sans fenêtre (alors qu'elles n'ont actuellement qu'une douche équipée d'un vasistas donnant sur la cour), trop loin de la Roquette, et ainsi de suite. La vérité c'est que Cathy ne veut pas déménager. Elle sait que sa fille finira par la quitter, c'est inéluctable, et elle préfère conserver un logement dont elle peut payer seule le loyer. Et puis elle vit là depuis si longtemps, elle y a ses habitudes, sa rue, les cafés de la rue...

La mère de Jocelyne est couturière. Elle a débuté dans l'atelier d'une nouvelle marque de prêt-à-porter et tout s'est bien passé pendant une quinzaine d'années ; elle aurait pu y faire une jolie carrière si, mise à mal par la concurrence asiatique, la maison n'avait fini par péricliter. Cathy a tout de même réussi à se reclasser comme retoucheuse aux Galeries Lafayette. Une situation stable, mais pour un travail qui l'ennuie. Jeune, elle était pleine d'enthousiasme, bourrée d'idées. Dans son entreprise de prêt-à-porter, où elle était chargée de l'exécution des prototypes, on la laissait s'exprimer, ses suggestions étaient bienvenues, souvent suivies. Mais sa nouvelle activité ne fait pas appel à son talent, c'est seulement un boulot bête, répétitif : ourlets, pinces relâchées, tailles reprises, œillets de ceintures, et encore des pinces, des ourlets : hauteur de jupes, bas des manches, bas de pantalons… Cathy ne peut même pas y trouver la satisfaction de l'ouvrage bien fait : les procédures sont standardisées, il s'agit d'aller vite, toujours plus vite, d'améliorer sans cesse la rentabilité. De jour en jour, ce travail qui la prive d'initiative lui ôte sa joie de vivre, la démoralise, l'use de l'intérieur.

Depuis quelque temps, en rentrant du bureau, Jocelyne a pris l'habitude de jeter un coup d'œil dans les cafés environnants pour voir si Cathy, qui rentre plus tôt qu'elle, s'y trouve. Et c'est le cas de plus en plus souvent. À travers la vitre d'un établissement, elle l'aperçoit accoudée au comptoir, en train de boire et de discuter avec des gens, de rigoler un peu, comme elle dit. *« J'ai bien le droit de rigoler un peu. »* Jocelyne entre, prend un petit quelque chose puis essaie d'entraîner sa mère, de la ramener avec elle à la maison. Mais ça devient de plus en plus difficile, surtout le samedi quand Cathy n'a pas à se lever le lendemain.

Enfin, même si tout n'est pas parfait, toutes les deux, elles ne sont pas malheureuses : elles se sont arrangé une petite vie, plutôt agréable. Jocelyne aime bien son quartier mi-populaire, mi-branché, avec son vacarme, ses odeurs de cave, d'épices et de légumes – puissantes, surtout l'été.

Au bureau, elle n'a pas à se plaindre de son nouveau chef. On lui a dit que Paul Tardieu était le fils d'un ministre, mais il ne le fait pas sentir. Et il est toujours très poli avec elle. Elle le trouve sans doute un peu trop réservé, distant – après tout ils sont de la même génération, il pourrait se montrer plus familier –, mais au moins il ne lui crie pas après, ne perd jamais son calme. Ça la change des commerciaux, de vraies piles électriques, ceux-là, toujours sous pression, toujours excités. Il a même fallu qu'elle s'habitue. Les premiers temps, l'absence de cris, d'allées et venues bruyantes, de claquements de porte, ça lui faisait un vide. Les ordres prononcés à mi-voix, le grésillement assourdi des téléphones, les bruits étouffés par la moquette épaisse et l'insonorisation des murs, tout ce silence lui donnait l'impression d'évoluer dans du coton.

De temps en temps, Jocelyne voit à son jeune patron un visage contrarié, l'air de se demander ce qu'il fait là. En réalité, ses responsabilités ne sont pas très définies : il a le titre de « Directeur général-adjoint » mais comme son supérieur est souvent absent, appelé ailleurs pour s'occuper des grandes affaires du groupe, il doit aussi seconder le Directeur administratif qui a plus ou moins hérité des responsabilités du DG. Il en résulte une espèce de flottement, un manque de suivi dans les tâches qui lui sont confiées. Il ne sait jamais lequel des deux va le mettre à contribution et pour quoi faire.

Pas plus que Paul Tardieu, Jocelyne ne sait exactement sous les ordres de qui elle travaille. Souvent, c'est Véronique qui lui apporte du courrier, des notes, des circulaires à saisir ; elle les pose devant elle, sans un mot, comme si cela allait de soi. Ça vient du DA, naturellement, mais c'est assez désagréable : Jocelyne a l'impression d'être devenue l'assistante de son ex-collègue.

Un soir, Guy Prévault en personne l'a convoquée dans son bureau. Il tenait à la main une lettre qu'elle venait de taper : il avait trouvé une faute d'orthographe, une erreur de participe, et Jocelyne a eu droit à des remarques désobligeantes. C'est nouveau ça, l'orthographe ! Avec les commerciaux, elle n'avait pas ce genre de problème. Ils s'en fichaient pas mal, de l'orthographe, les commerciaux, ils n'auraient jamais remarqué une faute de participe, c'était plutôt elle qui corrigeait les leurs.

A l'étage de la Direction, les relations sont plus compliquées. Bien que Véronique ait plus d'ancienneté qu'elle, au Commercial, elles étaient sur le même plan. En fait, tout le monde semblait sur le même plan, ce n'était qu'une apparence, bien sûr, mais au moins on travaillait dans une ambiance de camaraderie, on se tutoyait, les rapports étaient simples et détendus. Au contraire, à l'étage directorial, le sentiment de la hiérarchie est palpable. Les gens semblent très conscients de leur grade et s'appliquent à le rappeler en adoptant une démarche posée, en parlant du bout des lèvres, en étouffant leurs rires, d'ailleurs rares. Cette attitude compassée se retrouve jusqu'à leur table de la cantine où, bien qu'on y déjeune généralement entre assistants (à l'exception de Manuelle Germain qui n'a pas encore daigné se montrer), chacun surveille ce qu'il dit, ce qu'il boit, sa façon de tenir ses couverts.

Autant que pour son expérience ou pour sa beauté (discrète mais indiscutable), Guy Prévault a choisi Véronique Martin comme assistante en raison de la stabilité de sa vie familiale. Mariée à un comptable employé dans un grand laboratoire pharmaceutique, elle a deux enfants, deux garçons de sept et neuf ans, et n'en désire pas d'autres. La famille habite à Montrouge un pavillon voisin de celui de la mère de son mari ; c'est elle qui va chercher les enfants à l'école et les garde en attendant le retour des parents. Cet arrangement, ajouté à la tranquillité que lui procure la situation sûre de Thomas, leur relative aisance matérielle, lui laisse assez de liberté d'esprit pour qu'une fois franchi le seuil d'Urba-Immo elle oublie ses soucis domestiques et se consacre entièrement à son travail. Une ardeur nourrie par une ambition aux contours bien définis : son mari et elle veulent acheter un appartement de vacances à Cabourg et mettent de l'argent de côté pour réaliser leur projet. Véronique n'avait donc aucun problème, au département commercial, quand on lui demandait de rester tard pour terminer quelque tâche urgente, un contrat à finaliser ou un texte à taper en vue d'une présentation au client le lendemain. – Une disponibilité que l'entreprise appréciait.

Avec son nouveau patron, cependant, la question des heures supplémentaires ne se pose plus. C'est un bosseur, certes, le travail tombe toute la journée à un rythme soutenu et il y a des jours où elle bien contente d'avoir Jocelyne Couraud sous la main ; sauf rendez-vous à l'extérieur, par exemple dans une banque ou au siège, Prévault se pointe chaque matin à neuf heures précises et son assistante ainsi que les collaborateurs dont il peut avoir besoin ont intérêt à être là. Mais, quoi qu'il arrive, il quitte le bureau à dix-huit heures, en se mêlant au flot pressé des employés qui, comme dans une comédie américaine des années trente, se déverse dans les couloirs et le hall dès que la sonnerie retentit dans l'immeuble. Et Véronique en fait autant.

Elle s'est bien gardée d'avertir son mari de ce nouvel état de choses, ce qui lui ouvre, le soir, un espace de liberté dont elle profite une ou deux fois par semaine. De temps en temps elle s'offre une séance chez le coiffeur, en prétendant, si Thomas s'en aperçoit, qu'elle y est allée à l'heure du déjeuner. Ou bien elle se contente de flâner sur les Champs-Elysées, achète un journal ou un magazine et s'installe dans un café pour lire les nouvelles aussi naturellement que le ferait un homme, avec en plus la petite joie secrète de la transgression. Ou encore elle gare sa voiture près de l'Alma, et s'en va arpenter l'avenue Montaigne dans les deux sens en léchant les vitrines. – A l'approche de l'hiver, le courant d'air puissant et vif qui balaie la Seine et s'engouffre au passage dans la percée de l'avenue lui fait les joues roses et les yeux brillants comme si elle sortait des bras d'un amant. En arrivant chez elle, elle a déjà surpris une interrogation furtive dans les yeux de son mari.

Prendre un amant, Véronique n'y a jamais songé. Sans doute, après les élans du début, Thomas s'en tient-il maintenant au service minimum, et pas seulement en fréquence, également en intensité et en durée, c'est une affaire vite conclue, pour ne pas dire bâclée, mais pas plus que lui Véronique n'a de grands besoins de ce côté-là. Et qu'est-ce qu'un amant lui donnerait de plus ? Pour ce qu'elle en sait grâce au cinq ou six expériences qu'elle a eues avant son mariage, presque tous les hommes laissent leur partenaire sur sa faim.

Elle ne doute pas que son mari l'aime à sa manière ; elle est sa femme, la mère de ses enfants, il est attaché à son foyer. De son côté, Véronique est satisfaite de s'être construit une famille, une famille exemplaire. Elle reconnaît que Thomas est un bon père, un mari responsable que beaucoup de femmes lui envieraient.

N'empêche que, sourdement, elle lui en veut.

Le dimanche, quelle que soit la saison, Thomas s'enveloppe dans sa robe de chambre et passe une bonne partie de la matinée à faire des mots croisés. Il a installé son bureau dans un angle au fond du séjour, près de la baie vitrée, de sorte que, de sa place, il peut voir ou entendre à peu près tout ce qui se passe au rez-de-chaussée du pavillon. A la façon d'un prof qui surveillerait sa classe du coin de l'œil en corrigeant ses copies, il observe sa femme pendant qu'elle s'active, met de l'ordre dans la pièce ou va et vient entre la cuisine et l'entrée. Véronique a le sentiment de faire partie d'un dispositif, d'une architecture élevée par son mari pour sa propre sécurité, d'un ordre que rien ne doit déranger.

Le pavillon qu'ils habitent lui appartient – un héritage familial – et bien qu'il soit vieillot et malcommode sous certains aspects, Véronique n'a jamais réussi à convaincre Thomas d'y changer quoi que ce soit. Travaillant dans l'immobilier, elle a souvent sous les yeux des images d'intérieurs spacieux et bien agencés. Les premières années de leur mariage, elle espérait l'amener à faire quelques travaux pour améliorer leur maison, rendre leur cadre de vie plus agréable. Mais il n'a jamais rien voulu entendre, il n'était même pas question d'abattre une cloison pour agrandir le séjour. Thomas aime les petites pièces, les lieux resserrés et clos, il s'y sent protégé. Ce projet d'appartement de vacances à Cabourg n'est au fond qu'une autre façon d'élever des murs autour de lui : puisqu'il faut bien emmener les enfants à la mer, leur faire prendre l'air, autant posséder un endroit à soi, s'épargner les aléas des locations saisonnières, se construire un abri, un autre chez soi.

Et puis, récemment, il y a eu l'histoire du manteau de fourrure, un joli manteau de lapin gris clair – le lapin revient à la mode – que Véronique s'était acheté sur son budget vestimentaire, sa réserve personnelle, pour fêter sa promotion. Le matin où il l'a vue l'enfiler pour la première fois, Thomas s'est exclamé : « Qu'est-ce que c'est que ça ? », les sourcils levés, en singeant un étonnement exagéré. Elle se serait offert pour le même prix un beau manteau de lainage il n'aurait rien dit, n'aurait même pas pensé à ce qu'il avait pu coûter, jugeant normal d'acheter un vêtement chaud au début de l'hiver, un vêtement de qualité qui lui ferait plusieurs années. Mais la fourrure, « le manteau de fourrure », si modeste qu'il soit, est pour lui un symbole de luxe, de vie dispendieuse.

Le soir, les garçons couchés, le manteau est revenu sur le tapis. Thomas a commencé *mezzo voce*, comme s'il attendait une parole de repentir, peut-être assortie de la promesse de le rapporter : « Mais qu'est-ce qui t'a pris d'acheter un truc comme ça ? ».

– Ça tient chaud et c'est la mode, a répondu Véronique, tout de suite cabrée.

Il a secoué la tête, accablé par tant de futilité :

– La mode ! Qu'est-ce qu'on en a à foutre de la mode !

– C'est mon premier, a rétorqué maladroitement Véronique, je n'en avais jamais eu, moi, de manteau de fourrure...

– Ah bon ? Parce qu'il y en aura d'autres ? Tu as l'intention de mener la vie à grandes guides ?

De l'ironie froide, le ton est vite monté jusqu'à la colère et il a fini par hurler que les douze cents euros que cette peau de lapin avait coûtés auraient été mieux employés à grossir les économies de l'apport initial de l'appart de Cabourg. Mais Véronique sentait que ce n'était pas seulement une question d'argent, que cette objection en apparence rationnelle cachait quelque chose de plus profond, un principe, une façon modique de voir la vie, le désir de ne se distinguer en rien, de se replier dans une médiocrité peu compromettante.

De même, Thomas déteste les bottes, sensuelles et en même temps dissuasives, qui font marcher les femmes d'un pas conquérant. Il ne peut l'empêcher d'en porter l'hiver, puisque toutes les autres femmes en portent, mais il a fait savoir que cela lui déplaisait et détourne ostensiblement les yeux quand il en voit sur la sienne.

Véronique a mis du temps à s'en apercevoir, mais il a bien fallu se rendre à l'évidence : sous des dehors calmes, maîtrisés, son mari est un homme frileux, susceptible, profondément autoritaire. Aussi n'a-t-elle aucun scrupule, certains soirs, à lui dérober une heure ou deux de liberté.

3

Quatre semaines se sont écoulées depuis la dernière entrevue de Gilles avec le DA et il n'a plus été question de son rapport d'activité. Passé le premier mouvement de stupéfaction et de colère, après avoir retourné le problème dans tous les sens, Gilles avait pris la décision de faire le mort, en attendant l'affrontement. Mais il n'en a plus entendu parler, Prévault semble l'avoir oublié. Preuve que c'était un travail inutile dont la demande ne visait qu'à l'humilier.

Jusqu'à présent, les licenciements n'ont pas été très nombreux : cinq en tout. La responsable des Archives (on a jugé qu'une des deux employées de la Documentation pouvait prendre son travail en charge) ; deux jeunes recrues du Commercial, dont les résultats étaient médiocres, mais qui n'ont pas été remplacées malgré les protestations du directeur de département ; un comptable âgé ; une employée du service Administration que Prévault avait surprise un vendredi soir à se vernir les ongles...

– Quelle idée, s'étonne Gilles, licencier dans son propre service !

– L'Administration était pléthorique, lui fait remarquer Suzanne.

Il est midi quinze, la salle de la brasserie de la Grande Armée est encore à peu près vide. Prétextant un rendez-vous chez son dentiste à treize heures trente, la DRH est allée chercher son collègue pour déjeuner plus tôt que d'habitude. Ils ont traversé l'avenue en courant sous une pluie perçante et glacée de fin novembre. L'hiver sera bientôt là.

Gilles constate :

– Tous les départements ont été touchés, à peu près une personne licenciée par département.

– On doit répartir équitablement l'effort.

– Quel effort ?

– L'effort pour améliorer le rendement.

– On veut améliorer le rendement en réduisant les effectifs ?

Suzanne hausse les épaules :

– Le rendement de chacun. Il faut stimuler les gens. Leur faire donner le meilleur.

– Tout marchait bien jusqu'ici.

– On peut toujours faire mieux.

« Tiens, note Gilles, j'ai déjà entendu ça quelque part. Voilà qu'elle se met à parler comme lui. »

– Je vois, répond-il, goguenard, faire plus avec moins.

– Et pourquoi pas ? Qu'est-ce que ça aurait d'anormal pour une entreprise ?

Suzanne s'est raidie, une expression butée sur la figure. Elle n'a pas l'air disposée à discuter. Sur le point de répliquer, Gilles renonce.

– Enfin, soupire-t-il, la vague est passée. Espérons qu'il n'y en aura pas d'autre.

– Justement…, fait Suzanne.

– Justement, quoi ?

– Ce serait bien que tu fasses un effort, toi aussi.

– Quel genre d'effort ? Réduire mes équipes ? Virer mes gars ?

– Un seul.

– Et pour quoi faire ?

– En signe de bonne volonté, pour faire plaisir à Prévault.

– C'est lui qui t'envoie ?

Suzanne évacue la question d'un mouvement de tête impatient.

– On ne te demande pas la lune. Juste un petit sacrifice.

– Il veut qu'on lui fasse un sacrifice ? Une chèvre, ça irait ? Je peux lui sacrifier une chèvre, si tu veux.

Ça ne fait pas rire Suzanne.

– Ce que j'en dis, c'est dans ton intérêt.

« Et dans le tien, pense Gilles. » Jusqu'ici, la DRH a bien conduit ses affaires (et pourtant, à la rentrée de septembre, il ne donnait pas cher de ses chances de garder son poste). Pour commencer, elle a placé auprès des nouveaux directeurs deux de ses protégées, ravies de leur promotion, qui n'ont pas intérêt, au risque d'être encore déplacées, à voir débarquer un nouveau DRH et ne ratent pas une occasion de faire son éloge. Ensuite elle s'est pliée sans discuter aux volontés de Guy Prévault, les a devancées même, assez maligne pour deviner le personnage. Mais à présent on lui confie des tâches délicates, elle doit prouver son allégeance et son efficacité en produisant des résultats concrets.

— Et je devrais me séparer de qui ? Mes équipes ne sont pas « *pléthoriques* ».

— Le restaurant d'entreprise, répond Suzanne sans hésiter (à l'évidence, elle a déjà réfléchi à la question). Cinq aux cuisines, c'est compté large. Elles pourraient très bien fonctionner avec quatre.

— Le dernier arrivé, Ahmed, est chez nous depuis deux ans. Qu'est-ce que je vais bien pouvoir lui dire ?

— T'es pas forcé de te séparer du dernier arrivé.

— C'est ce qui se fait pourtant.

— C'est ce qui se faisait *avant*.

— Tu proposes qui alors ?

— Pourquoi pas le vieux René ?

— Seize ans de maison...

— C'est énorme comme ancienneté avec les critères d'aujourd'hui.

— Et je le vire pour quel motif ? Je n'ai rien à lui reprocher, moi.

— C'est un licenciement collectif, pas une question de personne. L'entreprise est obligée de serrer les coûts, c'est suffisant.

— Et qu'est-ce qu'il va devenir ? Tu y as pensé à ça ?

— Il aura ses indemnités. Ses fils sont grands, il n'a pas de famille à charge. Je te ferai remarquer que ce n'est pas le cas d'Ahmed : lui, il est père de deux enfants en bas âge : j'ai relu son dossier.

— La femme du vieux René n'a jamais travaillé et ses indemnités seront vite épuisées. De quoi vivront-ils ensuite ?

— On ne peut pas tenir compte de tous les cas particuliers. On n'en sortirait pas.

— Alors, mets-le en préretraite.

— Je ne peux pas. Il est trop jeune. Et ce n'est plus aussi facile.

– Trop vieux pour travailler, trop jeune pour la retraite, c'est ça ?

– Tu ne veux pas comprendre…

– Il a quel âge, René, exactement ?

– Cinquante-trois. Il est de 54.

– Tiens, juste comme moi, fait Gilles.

Il attrape le carafon de vin rouge et va pour servir Suzanne, qui l'arrête :

– Pas pour moi, merci. – D'un air désapprobateur, elle le regarde remplir son propre verre à ras bord. – Ecoute, ça ne me regarde pas, mais j'ai l'impression que tu bois beaucoup depuis quelque temps, tu devrais te surveiller.

– Non, dit Gilles après avoir descendu la moitié de son ballon d'un coup.

– Non, quoi ?

– Je ne mettrai pas René à la porte. Je ne peux pas lui faire ça.

– Tu veux que je m'en charge ?

– Surtout pas.

Suzanne serre son poing grassouillet, réprimant clairement une envie de taper sur la table :

– Il *faut* que tu le fasses. Il n'y a pas de raison que ton département soit le seul à être épargné. Les autres ne comprendraient pas.

Gilles voit qu'il a deviné juste, elle est envoyée par Prévault. C'est lui qui l'a chargée de le convaincre. C'est pourquoi, prévoyant une réaction négative et convoquant ses talents diplomatiques, elle a imaginé cette histoire de dentiste pour l'entraîner de bonne heure dans le restaurant désert afin de discuter tranquillement de la chose, sur un ton amical, dans un cadre plus détendu que celui du bureau.

– Et le reste de l'équipe, en cuisine, qu'est-ce que je vais leur dire ? Ça va pas leur plaire, ce licenciement soudain. Ils vont être démotivés.

– Pas nécessairement.

– Si, je les connais. Si je licencie l'un d'eux sans raison valable, ils vont s'inquiéter, perdre confiance.

– Et bien, ce n'est pas forcément mauvais qu'ils s'inquiètent un peu. Comme ça, ils vont redoubler d'effort.

– Ou baisser les bras, en faire le minimum, se dégoûter de leur boulot.

– Je parie que non. Tu verras. Fais-moi confiance. Le stress, ce n'est pas forcément négatif.

– Mais tout ça paraît tellement absurde…

– Ecoute, dit Suzanne, radoucie, sentant que Gilles commence à céder du terrain, les choses sont en train de changer dans l'entreprise, l'esprit est complètement différent. Avec la direction précédente, c'était la gestion de papa, hein ? D'accord, pour nous c'était peinard, mais il faut reconnaître qu'on ne donnait pas notre maximum non plus.

Gilles proteste :

– Moi si. Je ne crois pas pouvoir faire mieux.

– Je sais que tu es bon. Un des meilleurs de la place. Je l'ai dit à Prévault.

– Ah oui, fait Gilles, parce que vous avez parlé de moi avec Prévault ? Alors moi aussi je suis dans le collimateur ?

– Mais non voyons, il n'est pas question de ça. Tout ce qu'on te demande, c'est de faire preuve d'un peu de bonne volonté, de compréhension.

– De compréhension… Et qu'est-ce que je dois comprendre ?

– Le nouveau management, les méthodes managériales modernes. Je viens de te le dire, c'est une autre façon de voir les choses. Il va falloir s'y faire, on n'a pas le choix.

Elle tend vers Gilles un visage anxieux, presque implorant, en contradiction avec le ton déterminé, parfois cassant qu'elle a employé jusqu'ici. « *Me laisse pas tomber,* supplie ce visage, *aide-moi à satisfaire les exigences du DA... Pour moi, c'est une question de vie ou de mort...Soutenons-nous l'un l'autre... Si tu m'aides, je saurai t'aider à mon tour... »*. Des choses qui ne se disent pas, qu'on doit comprendre à demi-mot.

– On n'a pas le choix, répète Suzanne en détournant la tête, c'est partout pareil en ce moment, il faut accepter... ou partir.

Le lundi 3 décembre, après un premier rendez-vous chez un fournisseur, Gilles arrive au bureau au milieu de la matinée. En sortant de l'ascenseur, il entend des bruits de voix venant de chez Prévault dont la porte est restée ouverte. Des voix d'hommes – peut-être trois ou quatre. La discussion, ponctuée de rires virils, semble animée et cordiale ; c'est une bonne discussion, une de celles où tout le monde est d'accord, où les projets avancent, ce qui s'appelle une séance de travail productive. Rien à voir avec les entrevues inutiles et humiliantes que Gilles a eu à subir récemment dans ce même bureau. Se sentant vaguement exclu, il se dirige vers le sien d'un pas lourd.

Brusquement il entend le rire de Dominique Gausset, son adjoint, un rire de tête facile à reconnaître. Gilles reçoit un choc, comme un coup de poing à l'estomac, et son sentiment d'exclusion devient subitement très aigu.

Il s'arrête net et se retourne. Son regard surpris cherche celui de la réceptionniste, Jeanne Bernier, la vigie de l'étage, au courant de toutes les allées et venues – qui a été reçu chez qui et pendant combien de temps ; souvent, puisqu'elle tape une partie des convocations et des ordres du jour, elle sait même pour quoi faire. Mais la petite Bernier a disparu derrière sa table, Gilles n'aperçoit que son dos penché sur ses tiroirs, et il reprend sa marche.

Quelques minutes plus tard, deux coups discrets sont frappés à sa porte et Gausset passe la tête :

– Je peux entrer ? … Je viens te faire le compte-rendu de la réunion.

– Quelle réunion ?

– C'est Prévault, répond Gausset, gêné, en franchissant la porte, il a organisé une réunion ce matin. Improvisée, personne n'était prévenu.

– En effet, dit Gilles.

– Je lui ai dit que tu serais là à dix heures trente, mais il n'a pas voulu attendre. Je ne pouvais pas faire autrement.

Une petite flamme amusée dans les yeux de l'adjoint dément ces paroles d'excuse. Tout le monde savait que Gilles serait à l'extérieur la première partie de la matinée. Au coup de fil de Véronique le convoquant dans le bureau du DA, Gausset a tout de suite compris que celui-ci lui tendait une perche. C'était un test : ou bien il s'excusait, louvoyait, essayait de différer la réunion jusqu'au retour de son chef, puis, obligé d'assister, se cantonnait dans une attitude embarrassée. Ou bien il sautait sur l'occasion et fonçait dans la brèche. Au rire complaisant et sonore qui résonne encore dans ses oreilles, Gilles devine aisément le parti choisi.

– Et qu'est-ce qu'il y avait de si urgent ?

– Le parc auto, il veut remplacer les voitures.

– Elles sont en parfait état, dit Gilles. Les voitures de la direction ont été changées il y a six mois.

– Oui, mais Prévault veut changer de concessionnaire.

– Hein ?

– Il veut remplacer les BM par des Renault.

Encore un direct à l'estomac, le deuxième de la matinée. Cette fois, c'est la guerre. Avec cette proposition absurde, lancée qui plus est sans lui en parler, Prévault désavoue publiquement le directeur des Services généraux et déclenche les hostilités.

– Et pour quel motif ?

– Les BM sont trop chères. Trop bling-bling. Il trouve ça vulgaire.

– Sans blague, fait Gilles.

– Surtout celle de l'ancien directeur général, tapissée d'astrakan…

– Tapissée d'astrakan ? C'est une imitation : de la moquette synthétique.

– C 'est ce que je lui ai dit. Il a répondu que c'était encore pire. Et puis le tableau de bord en loupe d'orme est trop tape-à-l'œil à son goût, trop luxueux.

– C'est symbolique, dit Gilles. Pour marquer le rang du DG, faire la différence.

– Je n'y peux rien, moi. Je te rapporte le point de vue de Prévault, c'est tout. Et d'après lui les directeurs d'un des plus grands groupes de BTP français doivent rouler dans des voitures françaises.

– Ça fait douze ans qu'on travaille avec BMW. Il a l'intention de faire ça quand ?

– Pour la prochaine rentrée, en septembre.

– En somme, il veut remplacer des voitures en excellent état par des voitures neuves pour faire des économies.

– Tu devrais peut-être en discuter avec lui.

Discuter... À quoi bon discuter une idée stupide, proposée uniquement pour le ridiculiser, avec un type de mauvaise foi ? Il est malin, Prévault. Les voitures de fonction, tout le monde s'en fout, ce n'est pas ça qui mobilisera le personnel de l'entreprise. BMW ou Renault, quelle importance ? La futilité de l'affaire n'échappera à personne, chacun comprendra qu'il s'agit d'un prétexte, d'une provocation inaugurant un duel entre les deux hommes. C'est comme si Prévault avait écrit en gros au tableau d'affichage : « J'ai l'intention de virer Lapierre ». A partir de maintenant, les gens vont compter les points. En manager moderne, le nouveau directeur administratif a pensé à tout. Jusqu'à cette réunion bruyante tenue porte ouverte pour que la rumeur s'en échappe.

Ce furent d'abord des poignées de main brèves, sans s'arrêter, des « Ça va ? » évasifs, en regardant ailleurs. Ou de petits saluts de loin – des mouvements pendulaires de la main qui ressemblaient autant à un refus, une dénégation, qu'à un salut. Comme appelées par une affaire urgente, des silhouettes furtives le croisaient ou le dépassaient rapidement dans les couloirs, tout le monde semblait soudain très pressé. Par-ci, par-là, et c'était encore pire, il y eut quelques mouvements de compassion. Des dames de la Comptabilité ou de l'Administration avec lesquelles il travaillait régulièrement posaient sur lui des regards humides, pleins de pitié. L'une d'elles, une personne émotive, alors qu'ils se trouvaient seuls dans le bureau de Gilles, en lui remettant les documents qu'elle lui apportait, avait saisi brusquement sa main, l'avait serrée un instant dans les siennes, avant de s'enfuir, apeurée, comme après un geste audacieux et compromettant. Des gens qui venaient dans sa direction bifurquaient dans un couloir adjacent ou disparaissaient derrière une porte aussitôt qu'ils l'apercevaient. Un jour, Véronique Martin, le voyant surgir derrière elle alors qu'elle attendait l'ascenseur au rez-de-chaussée, plutôt que d'effectuer la montée en sa compagnie, était revenue sur ses pas pour parler à l'hôtesse, feignant d'avoir oublié de lui dire quelque chose. Plusieurs fois, Gilles déjeuna seul à la cantine ; pendant tout son repas les chaises qui l'entouraient restèrent vides, ce qui ne lui était jamais arrivé. Quand il circulait dans les travées, dès qu'il arrivait à la hauteur d'une table, les dos s'arrondissaient, le groupe se refermait pour l'ignorer. Au comptoir du self, au lieu de lui sourire comme d'habitude en le reconnaissant et de lui choisir le meilleur morceau, le préposé au service remplissait son assiette avec désinvolture, l'arrosait d'une louche distraite en faisant dégouliner la sauce sur les bords. Gilles crut un moment qu'on lui en voulait d'avoir cédé aux exigences des nouveaux managers et mis le plus ancien employé des cuisines à la porte. Un sacrifice, d'ailleurs, qu'il aurait aussi bien pu s'épargner car la direction ne lui en avait su aucun gré.

Peu après le licenciement du vieux René, Gilles avait été convoqué dans le bureau du DG-adjoint. Le gros dossier toilé contenant le récapitulatif budgétaire et le détail des dépenses secteur par secteur qu'il avait apporté quelques semaines plus tôt à Prévault avait refait surface : Paul Tardieu le feuilletait d'un doigt négligent, avec une moue dubitative, vaguement dégoûtée. Assis en face de lui, Gilles apercevait à l'envers ses pages annotées en rouge, émaillées de gros points d'interrogation. Pendant deux heures, il avait dû expliciter chaque dépense, justifier chaque montant devant le jeune Tardieu qui le toisait, adossé à son siège, la tête rejetée en arrière, un sourire narquois aux lèvres, ou tournicotait sur son fauteuil pivotant en dépliant et repliant ses grandes jambes.

Quelques jours passèrent, puis les choses se firent moins sournoises, plus brutales. On se mit à murmurer sur son passage, assez haut pour être entendu. « *Pauvre type... Manque absolu de dignité... A sa place, je ne resterais pas une seconde de plus dans la boîte... Depuis le temps qu'il est là, il a eu le temps de faire sa pelote... Vingt ans, ça suffit, place aux jeunes...* », et ainsi de suite. Des rires éclataient, des exclamations. Il s'en fallait de peu qu'on n'en vienne à l'agresser physiquement : une ou deux fois, comme par inadvertance, on le bouscula, il reçut un coup de coude dans le dos, on s'excusa en ricanant.

Ceux qui avaient été le plus proche de lui s'écartèrent les premiers. Suzanne cessa de frapper à sa porte à l'heure du déjeuner. Un jour qu'il allait la chercher lui-même, elle prétexta un travail urgent pour ne pas l'accompagner et il la vit un quart d'heure plus tard attablée avec d'autres personnes à la brasserie. La fois suivante, il trouva son bureau vide, elle était déjà partie. Un collègue sympathique avec lequel il avait noué des relations personnelles – ils habitaient tous deux Versailles, leurs femmes se connaissaient et ils s'invitaient à tour de rôle pour des dîners en fin de semaine ou des déjeuners les dimanches d'été –, de peur de passer pour son allié, cessa de lui dire bonjour de la manière la plus ostentatoire. Une fois même, alors que cet ex-ami venait de le croiser sans lui jeter un regard, comme Gilles, surpris, se retournait machinalement sur lui, il le vit, les mains derrière son dos, qui se frottait le bout des doigts l'un contre l'autre comme on fait pour se nettoyer, se débarrasser d'une glu. Un geste inconscient et affreux.

Vint le moment où, peut-être par crainte des représailles de Prévault dont elles dépendaient directement, ou par un simple effet de meute, la pente irrésistible qui pousse les esprits faibles à se fondre dans le plus grand nombre, les dames compassionnelles du service Administration, sans doute après en avoir discuté entre elles, changèrent radicalement d'attitude. A l'approche de Gilles, comme prises de panique à sa vue, elles tournaient les talons et se mettaient presque à courir dans le sens opposé. Quand elles avaient des papiers à lui communiquer, au lieu de sauter sur l'occasion pour se dégourdir les jambes et venir tailler une bavette avec lui comme elles le faisaient par le passé, elles lui envoyaient des stagiaires.

Un soir, en allant chercher sa voiture au parking, il tomba sur Geneviève Mesnil, une employée de la Comptabilité avec laquelle, plusieurs années auparavant, il avait eu une petite aventure sans importance, une liaison de bureau ; cela s'était passé peu de temps après son arrivée, il n'était pas encore marié et Geneviève était elle aussi célibataire. Bref, il n'était pas loin de sept heures et elle l'attendait depuis un moment dans le parking désert. Elle devait lui parler d'urgence. Gilles avait ainsi appris que le DA l'avait convoquée à l'heure du déjeuner, en l'absence des autres, et que, après l'avoir félicité pour sa beauté, avant même qu'elle ait eu le temps de s'alarmer de ce compliment déplacé, il lui avait demandé si elle faisait l'objet de la part du personnel masculin de l'entreprise de propositions sexuelles (de propositions *insistantes*), l'encourageant à le tenir au courant si ce genre de fait regrettable se produisait, de venir lui en parler sans hésiter. Il tenait à ce que la moralité chez Urba-Immo fût irréprochable. De là, il en était venu mine de rien à lui parler de Gilles : « *Est-ce que, par hasard, Monsieur Lapierre ne se serait pas permis, n'aurait-il pas essayé... vous me comprenez...* ». Enfin voilà : renseigné par quelque bonne âme, Prévault avait exhumé cette vieille histoire, qui pourtant ne le regardait pas. Bien sûr, Geneviève avait tout nié mais elle était inquiète : comme elle s'était mariée entre temps, et que même après son mariage, à l'occasion de séminaires, de petits voyages, Gilles et elle avaient eu deux ou trois moments de *revenez-y*, elle avait peur que l'affaire ne s'ébruite et n'arrive aux oreilles de son mari. Gilles s'efforça de la rassurer et comprit qu'on essayait de lui mettre une faute grave sur le dos, une accusation de harcèlement. Un comble, quand on sait que Geneviève, qui devait chercher à se caser à l'époque, lui avait fait toutes les avances.

En trois semaines, Gilles a perdu six kilos. Sa femme ne lui prépare plus de soles grillées mais des plats roboratifs qu'il touche à peine. En revanche, sa consommation de vin a doublé, de la demi-bouteille qu'il s'accordait au dîner, il est passé à la bouteille entière. Claire a renoncé à lui faire des observations, de toute façon elles ne servaient qu'à le faire exploser. Pour diminuer la consommation de son mari, elle se sert un grand verre de vin pour elle-même, dans lequel elle se contente de tremper les lèvres, et veille à ce qu'il n'ouvre pas une deuxième bouteille. A la fin du repas, elle se précipite dans la cuisine et se dépêche de préparer deux verveines-menthes qu'elle revient poser, brûlantes, dans des verres à la russe, sur la table basse du séjour. Gilles se laisse faire. La chaleur de la tisane le calme un moment, le fait légèrement transpirer et trompe son envie d'alcool. Il pense que c'est mieux ainsi, qu'il va mieux dormir, fera moins de cauchemars. D'ailleurs, il doit se surveiller devant les enfants. – Les enfants : ces garde-fous.

Comme Gilles prétend toujours que les choses se passent normalement au bureau, Claire s'imagine qu'il est malade. Elle l'encourage à voir un médecin. Elle en a parlé avec une amie, dont le père, qui n'avait jamais vu un docteur de sa vie, s'était mis lui aussi à maigrir d'un seul coup. Les examens effectués, on lui avait découvert un diabète sévère, un diabète de type 2 dont il était loin de se douter, il n'avait jamais ressenti aucune gêne. Claire a raconté cette histoire à Gilles pour le décider à consulter, ce qui n'a fait que provoquer une nouvelle explosion. Qu'elle ait parlé de sa santé avec une étrangère l'avait mis positivement hors de lui. Il trouvait sa démarche indiscrète, ressentait comme une espèce de viol d'être ainsi jeté en pâture, livré aux supputations plus ou moins bienveillantes de gens qu'il ne connaît même pas. Claire a jugé sa réaction disproportionnée. Ces temps-ci, il n'en faut pas beaucoup pour le mettre en colère.

S'il a tendance à trop boire le soir, au moins Gilles n'absorbe plus une goutte d'alcool pendant la journée. Il a repensé aux remarques que Suzanne Servent lui avait faites l'une des dernières fois où ils avaient mangé ensemble, et il a même supprimé le ballon de bordeaux qu'il s'autorisait habituellement à midi. Pour affronter ce qu'on est en train de lui faire subir, mieux vaut être en possession de tous ses moyens. Surtout ne pas donner prise à la pitié ou au mépris, à la condescendance. Il sait que les autres adoreraient le voir se dégrader, s'abîmer, contempler la déchéance d'un homme et, alors qu'ils se croient à l'abri, se faire une petite peur en s'imaginant à sa place.

Pour la même raison, Gilles n'a jamais autant soigné sa mise : il porte tous les jours une chemise légèrement empesée, ou dont le col est maintenu en place par des baleines, ses costumes sont parfaitement repassés, son nœud de cravate reste serré du matin au soir. Même le vendredi, il s'interdit les mocassins et le polo, ce fameux *casual wear* admis à l'approche du week-end dans les entreprises modernes. Et, chaque samedi, il se rend chez le coiffeur de façon à se présenter le lundi avec une coupe irréprochable. Gilles se cuirasse ; pour un peu, il en arriverait au look « grande école ». Comme il continue de se rendre à des rendez-vous au dehors pour suivre les affaires en cours, certains de ses collègues pensent qu'il cherche une autre situation. Il distingue dans les yeux des mieux intentionnés comme une approbation, un encouragement. Et, paradoxalement, le soin maniaque qu'il apporte depuis quelque temps à sa tenue rassure sa femme : il s'en dégage quelque chose de constructif qui la persuade que tout va bien au bureau, que son mari est moralement d'attaque, qu'il a des projets.

Sous sa cuirasse vestimentaire, cependant, Gilles dissimule un désarroi profond, un sentiment de solitude irréparable. Et malgré tout il se sent *léger*. Comme il a perdu du poids, il flotte dans ses costumes, et son jeûne relatif, dû à son manque d'appétit, le fait planer, aiguise sa sensibilité, intensifie sa perception des choses. Le corps se faisant oublier, l'esprit, la pensée occupe toute la place. S'il ne s'était encore jamais trouvé dans une pareille situation, Gilles sait parfaitement de quoi il retourne et à quoi il doit s'attendre : le placard. Jusqu'à ce qu'il craque, donne sa démission ou se rende coupable d'une faute qui permettrait de le mettre à la porte sans indemnités. Scénario classique. Et si ce n'était qu'une question d'indemnités, d'âpreté au gain !... Mais il sent bien que dans l'attitude du nouveau DA à son égard, c'est toute une philosophie de la domination qui s'exprime, une vision féodale du monde, la loi du plus fort, la soumission ou l'écrasement des plus faibles. Un jeu excitant pour des managers sans états d'âme capables de balayer un homme comme un fétu.

Il y a quelques années, Gilles a rencontré par hasard un ancien collègue, ingénieur comme lui, qu'il avait connu dans l'usine de composants électroniques où il avait fait ses débuts. Il s'en souvenait comme d'un garçon brillant, bien considéré, un type promis à un bel avenir. Pourtant, après quinze années d'une progression régulière qui aurait dû logiquement le conduire à des responsabilités importantes, à la suite d'une fusion-acquisition, sans qu'on eût pris la peine de lui fournir la moindre explication mais probablement parce qu'on le jugeait trop proche de la direction précédente, il avait été inclus dans le plan social. A quarante-trois ans, au bout de ses allocations chômage, de ses indemnités, des économies du ménage, et probablement au bout de ses forces après deux ans de recherche d'emploi infructueuse, incapable de faire vivre et d'abriter sa famille, il avait dû installer sa femme et ses enfants en Bretagne, en plein hiver, dans la maison de vacances de sa mère, tandis que lui-même était resté à Paris et vivotait chez celle-ci en continuant à chercher. – Gilles n'avait pas revu son ami et n'avait jamais su la fin de l'histoire.

Le placard, il y est presque. On ne le convoque plus en réunion, les directeurs ne lui adressent pas la parole, ne communiquent même pas avec lui par notes de service. Il ne reçoit plus de messages par Intranet, son téléphone ne sonne presque plus et ce sont toujours des appels de fournisseurs ou de prestataires extérieurs. Il ne se sent à peu près vivant qu'au dehors, lorsqu'il discute de l'amélioration du chauffage ou de l'approvisionnement de la cantine avec ces hommes qui ne connaissent pas encore sa disgrâce. Au bureau, il a un sentiment d'irréalité : le plus souvent désoeuvré (tous ses projets ont été gelés), il reste des heures immobile à sa table ou se déplace dans les couloirs comme un zombie.

Au contraire, son adjoint paraît débordé. A présent, le DA lui passe les ordres directement. Quand Gilles s'enquiert de ce qu'il fait, il répond sur un ton évasif : « *Prévault m'a dit...* », « *Prévault m'a demandé...* » et s'arrange pour filer sans finir sa phrase. Dominique Gausset est un homme jeune, formé dans une école commerciale. En réalité, il n'a pas plus à faire que d'habitude, mais il a adopté le pas pressé, la physionomie concentrée, le style surbooké d'un cadre hautement productif. Il se coule dans le moule. Il ignore encore s'il prendra la succession de Gilles, ou si Prévault a l'intention de confier le poste de son patron à quelqu'un d'autre, mais il se comporte à tout hasard comme si la place l'attendait.

De son côté, Gilles attend que les choses se précisent, que l'ostracisme dont il est l'objet – pour le moment inracontable, en tous cas impossible à prouver – se soit matérialisé. La suppression de ses lignes téléphoniques, par exemple, ou l'arrêt de son ordi, les codes d'accès changés, la confiscation de son Internet. Neutraliser l'ordinateur du directeur des Services généraux, ils n'ont pas encore osé. Mais ça viendra.

Alors Gilles consultera un avocat et s'en remettra aux *Prudhommes*.

Peu avant Noël, il se produit quelque chose de totalement imprévisible. Alors qu'une fois de plus il déjeune seul à la brasserie, entouré d'un opprobre palpable, et pourtant, en dépit de la peine qui l'étreint, avec une espèce de jouissance douloureuse à faire front dignement à la bassesse et à la lâcheté, à les défier, Manuelle Germain, qui allait vers la sortie, s'arrête devant sa table et lui tend la main :

– Bonjour Monsieur Lapierre, comment allez-vous ?

Gilles prend la main tendue, trop surpris pour répondre. Sous son casque de cheveux roux, la ravissante et inaccessible assistante du Directeur général lui sourit, en posant sur lui un regard bleu, très lumineux.

– Il commence à faire réellement froid, vous ne trouvez pas ? poursuit-elle en fermant le col de son manteau. On sent que Noël approche. J'espère qu'on vous verra à la réception ?

– La réception ? – Gilles avait complètement oublié la fête de Noël d'Urba-Immo.

– Vous n'avez pas lu le tableau d'affichage ?

Il reste muet. En effet, il ne lit plus le tableau d'affichage. Et personne n'a parlé de la réception devant lui, d'ailleurs personne ne parle plus de rien devant lui.

– Vendredi 21 à cinq heures, dans la grande salle du quatrième, l'informe à très haute voix Manuelle Germain. Alors à bientôt, j'espère ? – Et elle s'éloigne de sa démarche gracieuse après un dernier signe amical.

Avec une lenteur étudiée, contrôlant chacun de ses gestes, Gilles continue son repas comme si de rien n'était. Inutile de regarder autour de lui, il sait que l'assistance n'a pas perdu une miette de l'événement. Et son indifférence apparente décuple l'effet produit. Ils ont dû en rester la fourchette en l'air.

Son déjeuner fini, Gilles se dispense de retourner au bureau et va directement chercher sa voiture au parking. Il a rendez-vous chez un grossiste en matériel informatique nouveau sur la place et dont les prix lui semblent compétitifs. C'est un premier contact, le grossiste s'est fait connaître en lui envoyant un mailing. Gilles aurait pu le faire venir, mais, ne ratant plus une occasion de s'éloigner du bureau, il a préféré se rendre sur place ce qui lui permettra en outre d'examiner le matériel de près. Ce genre de démarche entre dans ses attributions, il n'a pas à en référer à quiconque : il est normal qu'un directeur des Services généraux se tienne au courant de tout ce qui se présente d'intéressant sur le marché.

L'entrepôt du grossiste est situé à La Ferté-sous-Jouarre, dans la banlieue est, c'est-à-dire de l'autre côté de Paris. Plutôt que de traverser la ville au milieu des encombrements, Gilles rejoint la porte Maillot pour emprunter le périphérique dont il espère qu'en ce début d'après-midi il ne sera pas embouteillé ; d'ici à La Ferté, il faut tout de même compter une bonne heure de trajet.

Tout en s'engageant sur le périph, il revoit l'image de Manuelle Germain resserrant frileusement son manteau. En effet, le temps s'est refroidi, de plusieurs degrés d'un seul coup, et l'on peut s'attendre à un hiver rigoureux, un de ces hivers parisiens gris et glacials. Mais aujourd'hui un soleil vif brille dans le ciel bleu pâle et fait scintiller l'air transparent : une luminosité de paysage montagnard, de sports d'hiver. Au volant de sa confortable voiture, roulant à bonne vitesse dans une circulation relativement fluide, Gilles est soudain parcouru par une sensation de bien-être, une joie physique comme il n'en avait pas éprouvé depuis longtemps. Le corset de plomb qui écrasait sa poitrine se relâche, l'air entre à fond dans ses poumons ; à cet instant, il se sent de nouveau à sa place dans le monde, réconcilié.

Sa rencontre avec le grossiste se passe bien. Naturellement, devant un client possible, et qui a pris la peine de venir jusqu'à lui, l'homme a toutes les raisons de se montrer aimable, mais c'est quelqu'un qui inspire confiance, ses explications sont précises et ses appareils semblent de bonne qualité.

Son rendez-vous terminé, en essayant de rejoindre l'autoroute, Gilles s'égare sur une départementale – peut-être un peu exprès, au moins inconsciemment. Il est quatre heures et demie : s'il atteint l'ouest de Paris après six heures, il pourra rentrer chez lui sans repasser au bureau. Gilles se laisse aller au plaisir de rouler doucement, sans bruit, sur une route sinueuse bordée de platanes, dans le clignotement éblouissant d'un soleil déjà bas qui joue à cache-cache entre les troncs.

Au détour d'un virage, il débouche dans un paysage dégagé, légèrement vallonné. A une dizaine de kilomètres, émergeant d'un creux, les toits d'une agglomération se découpent nettement sur le ciel clair. Gilles décide de s'y arrêter. Il abandonne la départementale et emprunte la première route sur sa gauche, une route étroite qui le conduit à la périphérie, dans la zone industrielle – enfin, ce qui a dû être, qui était encore il n'y a pas longtemps la zone industrielle d'une petite ville dont, à vue de nez, Gilles évalue la population à dix ou douze mille habitants.

Une rue mal pavée succède à la route. Sa voiture cahote quelques centaines de mètres sur cette voie visiblement laissée à l'abandon. De chaque côté, s'alignent des bâtiments industriels désaffectés, dégradés et sales. Sur leurs murs subsistent des slogans grossièrement peints, en partie écaillés, dernières traces d'une lutte ouvrière dérisoire : « Usine occupée », « Sauvons nos emplois ». Au sommet d'un mur, en lettres de tôle bleues, on peut lire : *Pétillon Engrenages* ; en dessous, à hauteur d'homme : « Les Pétillon ne sont pas des pions ». D'anciens ateliers de mécanique. Gilles pose facilement le diagnostic : délocalisation. Toute l'activité, la vie d'une cité ruinée par les délocalisations.

Son diagnostic se confirme quand il arrive dans le centre ville : le long de la rue commerçante, au moins la moitié des boutiques sont inoccupées, leurs enseignes déglinguées. Quelques vitrines qui ont été vandalisées sont condamnées par des palissades rustiques ou sommairement consolidées avec du ruban adhésif : à travers, on aperçoit des locaux délabrés, le sol jonché de prospectus et de vieilles lettres glissés sous la porte et que personne ne se soucie plus de ramasser. Une succession de boutiques invendables, faute d'acheteurs, qui n'auraient pas de clientèle à espérer dans cette agglomération paupérisée, et impossibles à louer, sinon pour des baux précaires à des sandwicheries, des échoppes de pizzas, des marchands de glaces ou de sodas... Gilles passe devant un immeuble dont la construction a été interrompue : les murs ont été montés jusqu'au premier étage, la dalle de béton du premier niveau coulée, et ça s'est arrêté là ; cette fois encore, Gilles en comprend aussitôt la raison : faute d'acquéreurs en nombre suffisant, les banques ont fermé le robinet.

Sur la place principale, la mairie fraîchement repeinte tranche avec les façades encrassées qui l'entourent. L'espace est presque entièrement occupé par un parking, rare chose convenablement entretenue dans ce paysage urbain désolé. Gilles y gare sa voiture, observé par deux gamins encapuchonnés et désoeuvrés.

Face à face de chaque côté du parking, une pharmacie illuminée, d'aspect prospère, et un café-tabac rutilant, « Le Tiercé ». Il entre, dépasse le comptoir et, après un petit tour au sous-sol, revient s'asseoir dans l'arrière-salle où se tiennent une quinzaine d'hommes silencieux, assez âgés, retraités ou chômeurs, les yeux rivés sur un écran qui transmet en direct les courses de l'après-midi à Longchamp. Sur cet écran de grande taille, un mètre cinquante sur un mètre environ, les images sont étonnamment présentes : on distingue la sueur sur la robe des chevaux, les tressauts de leurs muscles, les traits tendus des jockeys dans le chatoiement coloré des toques et des casaques. Pour seul accompagnement sonore, un commentaire discret, à mi-voix, comme respectueux de la beauté des images, et le bruit du galop, le choc sourd des sabots contre la terre. Un spectacle superbe, inattendu au cœur de cette petite ville sinistrée.

A bien les regarder, les gens autour de Gilles n'ont pas l'air malheureux, il en émane plutôt une impression de tranquillité. Celle de la résignation, du renoncement... et alors ? Gilles se sent bien parmi eux, pas du tout déplacé – d'ailleurs personne ne fait attention à lui –, comme si leur calme et leur simplicité le gagnaient par osmose. Tout d'un coup, Urba-Immo et ses problèmes lui semblent bien éloignés, irréels, une espèce de folie dans laquelle on se laisse entraîner quand on est jeune, trop content de faire partie de quelque chose, de devenir *quelqu'un* – et puis, quelques années plus tard, on se rend compte qu'on s'est perdu, qu'on est passé à côté de sa vie, qu'on est devenu ce que les autres voulaient qu'on soit. Toute cette fatigue… Est-ce que le jeu en valait la chandelle ? Cela vaut-il la peine de continuer à se battre, d'essayer de durer quelques années de plus ? Pourquoi ne pas tout simplement laisser tomber, choisir de vivre avec modestie comme n'importe lequel de ces hommes. Rester tranquille, laisser couler les jours.

Gilles se fait apporter une bière. Il pense maintenant à Manuelle Germain, au geste amical qu'elle a eu pour lui à la brasserie, devant tout le monde, à sa main fine et douce dans la sienne. Une femme si belle, et qu'il trouvait déjà si attirante… A vif comme il l'est depuis quelque temps, écorché, ce geste qui n'était peut-être qu'une façon élégante de se désolidariser de la pusillanimité ambiante, de montrer qu'elle était au-dessus de ça, le touche profondément. Il ne se lasse pas de se remémorer cette main tendue, le sourire lumineux qui l'accompagnait.

Malgré les apparences, son menton arrogant, l'air qu'il se donne d'avoir toujours la situation « sous contrôle », d'être inaccessible aux tracas du commun des mortels, Guy Prévault a ses problèmes comme tout le monde. Depuis l'adolescence, il est sujet aux allergies ; elles se manifestent par de déplaisantes plaques rouges qui, dieu merci, surviennent rarement sur son visage, mais sont souvent accompagnées d'un prurit brusque et violent qui l'oblige à des efforts surhumains pour résister à l'envie de se gratter, par exemple de frotter ses paumes contre ses cuisses ou son dos contre le dossier de son siège. En dépit de tests répétés, on n'a jamais pu identifier les substances qui les provoquent : à la grande perplexité des médecins, durant les périodes où Prévault se prêtaient aux examens, ses symptômes disparaissaient complètement. Ils en avaient conclu que son mal était *psychosomatique*, ce qui ne veut rien dire de précis (un terme scientifique pour un diagnostic à la *Diafoirus*) et ne débouche sur aucun traitement spécifique.

Moins grave, on pourrait même en rire, Prévault est également préoccupé par ses oreilles, qui ne sont pas d'une taille excessive, mais assez largement décollées, surtout vers le haut du pavillon, et s'empourprent pour un rien, le froid, le chaud, une émotion. Sauf à la communale et au collège où la moitié de la classe avait les oreilles décollées, il en avait souffert pendant toutes ses études. A la fin de ses années de lycée, en terminale et en prépa, à l'âge où il avait commencé à s'intéresser sérieusement aux filles, ça lui posait un problème car, quand il tentait d'en approcher une, c'était jusqu'à la pointe de ses oreilles dégagées qu'il s'enflammait. Comme, en s'illuminant au soleil, le cartilage de ses pavillons devenait translucide, ses copains l'avaient surnommé « Feux de position ». Il avait mis fin aux moqueries en se laissant pousser les cheveux. Plus tard, entré à Polytechnique, il se rendait deux fois par mois dans le salon de coiffure mis à la disposition des élèves sur le campus pour s'y faire faire une coupe qui lui cachait les oreilles sans lui donner l'air négligé. Et puis en arrivant dans sa première entreprise, estimant que c'était meilleur pour sa carrière (de toute façon il ne se voyait pas en manager branché à cheveux dans le cou qui tutoie ses subordonnés en leur tapant sur l'épaule : impressionner, être craint lui paraissait la seule méthode de management qui vaille), il avait pris le parti de couper ses cheveux très court et d'oublier ses oreilles, mais il n'y était jamais tout à fait parvenu. Heureusement, plus personne ne se permet d'en plaisanter en sa présence.

Autre sujet de contrariété : il ne s'entend pas avec son père. Une mésentente survenue, banalement, à l'adolescence, mais qui n'a pas disparu quelques années plus tard comme c'est le cas pour la plupart des gens. Quand il avait atteint ses dix-sept ans, tout ce que le vieux avait essayé de lui inculquer jusque-là lui avait soudain paru faux, ringard, inadapté au monde qui se préparait. Jacques Prévault est chef d'entreprise, propriétaire à part entière d'une usine de mobilier de jardin. Dans sa jeunesse, il a ardemment participé à Mai 68, a fini par s'inscrire au Parti socialiste et se considère comme un patron de gauche. Patron de gauche ! Pour son fils : un oxymore. Mais le vieux refuse de voir la contradiction. D'ailleurs, politique, économie, finance, sport, et même quand il leur arrive de parler peinture, musique ou cinéma, toutes leurs discussions tournent au vinaigre. Ce sont deux visions du monde opposées qui s'affrontent, non sans rancœur. Le père pense que son fils le prend pour un imbécile. Et le fils reproche à son père de ne pas lui rendre justice, comme si ses études brillantes, son diplôme prestigieux, les postes à responsabilité qu'on lui confie depuis sa sortie de l'école comptaient pour rien, qu'il n'en retirait aucune fierté.

Quand il rend visite à ses parents, les repas se déroulent la plupart du temps en silence (les Français n'ont pas comme les Anglais le génie du *small talk)*. Les propos anodins vite épuisés, les sujets épineux arrivent invariablement sur le tapis : les prochaines élections, la nationalisation ou la dénationalisation de telle entreprise, les troubles dans les banlieues... Aussitôt, sa mère s'interpose : « *Vous n'allez pas parler de ceci, ne recommencez pas avec cela... Vous savez bien comment ça se termine…* ». Finalement, le père et le fils n'ont plus rien à se dire. Il paraît que ces différends familiaux se tassent avec le temps. Possible. En attendant, ils en souffrent et s'en veulent.

Mais le problème majeur de Prévault – et celui-ci est un très gros problème – c'est Ariane, son épouse. Ariane est alcoolique. A trente-six ans, elle a déjà suivi deux cures de désintoxication.

La première, ruineuse, dans une clinique célèbre de la région parisienne – mais il n'avait pas regretté son argent : sa femme y était entrée déprimée, amaigrie, et on la lui avait rendue un mois après guérie, pleine de projets, vivante. Il croyait revoir la jeune femme potelée et hâlée qu'il avait connue cinq ou six ans plus tôt.

Ils s'étaient rencontrés à une fête d'anniversaire, un après-midi de juillet, sur la terrasse d'un appartement de Neuilly qui dominait la Seine. Au milieu des autres invitées qui riaient fort et parlaient haut, il avait remarqué une jeune femme silencieuse, comme absente, immobile près de la rambarde sur laquelle elle avait posé son verre de whisky. Son visage plein était charmant, sans plus, et elle n'était pas grande, mais ses jambes semblaient étonnamment longues proportionnellement. Et elle avait une peau dorée, duveteuse par endroit, un duvet pâle et doux, mon dieu, toute cette blondeur… Fille d'un assureur de Dijon, elle menait à Paris une vie oisive, quelques heures à l'*Ecole du Louvre*, quelques cours à la *Dante* où elle apprenait l'italien. Elle était venue seule à la fête mais ne se donnait aucun mal pour se mêler aux groupes ou pour attirer l'attention, comme si elle savait déjà que tous les hommes présents l'avaient remarquée, que leurs regards revenaient irrésistiblement sur elle et que l'un d'eux finirait par s'approcher et ne la quitterait plus d'un pas. A vingt-trois ans, elle était au début de ses années de plénitude, ce temps qui paraît ne jamais devoir finir où la beauté, le succès semblent aller de soi.

Ce temps-là avait passé, c'était tout le problème d'Ariane. Ensuite, pour que le miracle perdure, il faut se donner du mal, cela exige des soins, un constant souci de soi ; et encore faut-il avoir l'occasion de se montrer, séduire, mener une vie brillante qui soit à la fois la raison et la récompense de ces efforts. Mais, après son mariage et quelques années d'insouciance, Ariane avait eu Juliette, leur fille, et s'était retrouvée prisonnière de son rôle de mère, épouse d'un cadre supérieur absorbé par son travail et aux goûts casaniers, une vie rien moins que brillante où elle avait le sentiment de s'engluer – « une existence étriquée », ainsi qu'elle la définissait. L'éclat de sa beauté s'était terni, l'aura magique qui l'enveloppait, évanouie. Elle en voulait à son mari, et peut-être à sa fille elle-même.

Peu après la naissance de la petite, Ariane avait commencé à boire en cachette – il avait bien fallu deux ans avant que Prévault s'en aperçoive. Il y avait donc eu une première cure, suivie, au prix de séances régulières chez un psychanalyste et grâce au soutien des *Alcooliques Anonymes*, de trois années d'abstinence. Et puis c'était reparti, plus gravement. A la fin, Prévault en était réduit à faire une chasse dégradante aux bouteilles d'alcool que sa femme dissimulait dans la maison. Il avait dû faire équiper d'une serrure le flacon contenant le bourbon destiné à leurs visiteurs. Quand il sortait ce flacon du bar et actionnait sa minuscule serrure devant tout le monde, Ariane en ressentait une profonde humiliation.

Un soir, alerté par une odeur insolite dans la lingerie, il était tombé sur un bidon de Soupline rempli de whisky.

Jamais à court d'idées pour ces choses, Ariane y avait transvasé son Jack Daniel's. Après une scène terrible, qui s'était soldée par de nouvelles promesses de rédemption, Prévault avait décidé d'envoyer encore une fois sa femme en cure et il avait choisi un établissement spécialisé de Montreux dont des amis compatissants lui avaient dit du bien.

Il l'y avait conduite lui-même en voiture. C'était un bel endroit, à l'extrémité orientale du lac Léman, dans un site abrité par la barrière des Alpes vaudoises et cerné de vignes en terrasses, un petit *fendant* de nature à faire rêver les pensionnaires.

Au milieu de la cure, Prévault était revenu voir Ariane. Elle allait déjà mieux. Ils avaient fait un tour dans le parc de l'établissement, un grand parc ombragé qui descendait en pente douce jusqu'au lac. D'autres curistes se promenaient sous les arbres ou se faisaient bronzer sur des bancs au bord de l'eau. La population habituelle à ce genre d'endroit : des femmes riches, veuves ou délaissées, des gens des médias, des habitués des cocktails menacés par l'alcoolisme mondain et qui venaient une fois par an se refaire un foie tout neuf, des actrices en chômage, des rockers exténués, des écrivains... Quelques-uns, toujours avides de distractions venues de l'extérieur, s'étaient approchés d'eux. Ariane les avait présentés à son mari. Mais Prévault considérait les compagnons de cure de sa femme avec méfiance ; pour lui, ces gens n'étaient pas tout à fait des personnes – des personnes responsables –, juste un troupeau d'humains gâtés et infantiles, et qui représentaient des fréquentations dangereuses pour Ariane. Les médecins de la clinique lui disaient que l'alcoolisme est une maladie. Si c'en est une, elle ne s'attrape pas à cause d'un gène défectueux ou d'un virus, mais par veulerie et par bêtise ; du moins c'est ainsi que Prévault voyait les choses. Il arborait un sourire coincé et n'avait pas prononcé trois mots.

Cette seconde cure avait été complétée par un séjour d'une semaine dans un institut de thalasso réputé. Début juillet, remplumée par une nourriture saine et l'air de la montagne, puis revigorée au jet sous pression, ointe, massée, étrillée (épithète par ailleurs applicable, au sens figuré, à Prévault qui réglait les factures), Ariane, *clean* et pleine de bonnes intentions, était partie en vacances à La Baule avec sa fille. Elles s'étaient installées en pension complète à l'*Hermitage*. Mais quand Prévault les y avait rejointes quinze jours plus tard, Ariane avait replongé. Elle fourrait la petite au *Poney-club des Platanes* le matin, dans un club de plage l'après-midi, et passait son temps libre à traîner en ville et aux abords du port de plaisance, un verre ici, un verre là, ou s'installait à l'une des terrasses de la plage immense, du côté populaire où elle ne risquait pas de rencontrer des clients de l'hôtel. Le soir, sa fille couchée, elle redescendait au bar, s'asseyait au fond dans un coin peu éclairé et passait là une heure ou deux. Au demeurant, Ariane savait se tenir ; l'alcool ne faisait que renforcer sa disposition naturelle à « s'absenter », à se murer avec elle-même, jusqu'à ce qu'un signal dans son cerveau l'avertisse qu'il était temps de gagner son lit, qu'elle n'aurait pas trop de mal à s'endormir.

Cela, c'était il y a trois ans, et les choses ne se sont guère améliorées depuis. Il y a des jours avec et des jours sans. Pour de courtes périodes, Ariane parvient à se discipliner, à boire moins, et même certains jours à s'abstenir tout à fait. L'ennui est qu'on ne sait jamais quel jour sera le bon.

La famille habite une jolie maison à Chantilly, dans l'Oise, à cinquante kilomètres au nord de Paris. Prévault, qui doit être au bureau à neuf heures, part trop tôt le matin pour conduire sa fille à l'école. C'est donc son employée de maison qui s'en charge et qui revient la chercher le soir après la classe, puisque Juliette prend ses repas de midi à la cantine. Ainsi, pendant la plus grande partie de la journée, sachant la petite éloignée de sa mère, Prévault est-il à peu près tranquille. Le problème, c'est le soir, car l'employée quitte son travail à dix-neuf heures. Comme, aux heures de pointe, à la sortie des bureaux, il faut une heure et demie à Prévault pour regagner son domicile, cinq jours par semaine, sa fille, qui n'a que neuf ans, doit rester seule avec sa mère pendant environ trente minutes. Ces trente minutes inquiètent beaucoup son père. Et c'est pourquoi – ce point a été spécifié lors de son engagement – il part du bureau chaque soir à six heures piles, dès que la sonnerie retentit dans l'immeuble, comme le moins motivé de ses subordonnés.

Traditionnellement, la fête d'Urba-Immo a lieu une semaine avant Noël. C'est une réception réservée aux membres de l'entreprise, quasi familiale, entre gens qui pour la plupart travaillent ensemble depuis de nombreuses années et se connaissent bien. Les conjoints sont invités, mais les maris, retenus par leur travail ou qui n'ont pas envie d'aller faire de la figuration dans un milieu professionnel qui n'est pas le leur, s'y montrent rarement. Au contraire, sous couleur de récupérer leur conjoint éméché et de prendre le volant à sa place, les épouses viennent volontiers y faire un tour. Elles se tiennent là, sans rien dire, une coupe de champagne à la main, scrutant et jaugeant les collègues féminines de leurs époux, pas mécontentes de leur rappeler qu'elles existent.

Cette année, Claire ne figure pas parmi elles. Gilles lui a raconté que l'entreprise était encore en pleine restructuration et que la réception de Noël n'aurait pas lieu. Il se doute bien qu'elle finira par apprendre qu'il a menti. Peut-être par l'épouse de son ex-ami, celui qui désormais l'ignore ostensiblement : bien que les relations aient cessé entre les deux couples, un jour ou l'autre, les deux femmes se rencontreront dans Versailles et échangeront quelques mots. Lorsque Claire, apprenant qu'elle a été évincée de la fête, viendra lui demander des explications, Gilles trouvera bien une histoire à inventer. L'important pour le moment est qu'elle n'y soit pas : elle pourrait remarquer un changement dans l'attitude des gens à leur égard et flairer quelque chose d'anormal.

Gilles lui-même se serait bien passé d'y assister. Mais alors ç'aurait été comme s'il s'excluait volontairement, se mettait de son propre chef en quarantaine. Mieux vaut faire face, ne pas se laisser intimider. Jusqu'à nouvel ordre, il est toujours directeur des Services généraux. Et puis Manuelle Germain l'a expressément invité.

La réception est généreuse, chez Urba-Immo on a l'habitude de faire bien les choses. Le DG, qui s'est fendu d'un petit discours, l'a reconnu lui-même : les résultats de l'année précédente ont été satisfaisants et l'exercice 2007-2008 ne démarre pas mal. Alors aucune raison de se restreindre. Comme tous les ans, le buffet a été confié à *Lenôtre* : ils ont une boutique juste en face de l'immeuble et leurs livreurs n'ont qu'à traverser l'avenue. Les canapés sont délicieux, un champagne d'excellente qualité coule à flots. La direction récompense ainsi ses troupes de leurs efforts, tout en les encourageant à persévérer.

Le personnel d'Urba-Immo adore ce petit raout annuel. Réunis au sein d'une filiale stratégique d'une très grande entreprise française, à deux pas de l'Arc de Triomphe, dans le cœur battant de Paris, le Paris qui compte, ces gens tendus toute l'année vers un but commun ont le sentiment d'appartenir à quelque chose d'important, d'être « *where you have to be* », comme disent les Américains, là où ça se passe. Pour un soir, on oublie les antipathies, les rivalités, les guéguerres de bureau. Quelques-uns sont même venus échanger quelques mots avec Gilles, qui se tient à l'écart, près du panneau vitré où s'encadre – la nuit est tombée de bonne heure – un morceau de ciel sombre. Suzanne Servent, bien sûr, comment pourrait-elle faire autrement ? Cependant, tout en lui parlant, elle conservait une distance calculée et son ton n'exprimait qu'une amabilité de surface – un peu le ton qu'elle aurait pris pour s'adresser à une personne étrangère à l'entreprise qui se serait trouvée là par hasard. Elle était allée chez le coiffeur et, tout en jetant des coups d'œil furtifs autour d'elle, tapotait son chignon parfait d'un air d'embarras.

L'ayant vue faire, Dominique Gausset, s'est approché à son tour. Mais lui aussi gardait ses distances – concrètement, un peu plus d'un mètre – et s'adressait à Gilles en le regardant d'un peu haut et en faisant entendre de grands rires forcés. Il a fini par s'en aller, à reculons, sur une fin de phrase, puis opérant une brusque volte-face a rapidement rejoint ses amis du service commercial. Jeanne Bernier, la réceptionniste de l'étage directorial qui faisait le tour de l'assistance avec un plateau, lui a offert deux fois des canapés. Et même, plus surprenant, quelques personnes qu'il connaissait à peine sont venues à lui, hésitantes, un pas en avant, deux pas en arrière, sans trop savoir quoi dire. Gilles a pensé qu'elles devaient être présentes à la brasserie quand l'assistante du directeur général lui avait tendu la main, ou bien qu'elles avaient entendu parler de son geste et, prévoyant un retournement de situation, un possible retour en grâce du réprouvé, faisaient un pas du bon côté à tout hasard.

Et bien ses collègues peuvent se livrer autant qu'il leur plaira à leur pantomime, aujourd'hui Gilles s'en moque éperdument. Il ne peut détacher ses pensées de Manuelle Germain, debout au milieu de la salle avec les managers, qui lui a fait de loin un signe de reconnaissance discret – l'ombre d'un sourire, un battement de paupières – qui ressemblait à une approbation. Toute en noir, avec son casque de cheveux cuivré, ce soir, elle est incroyablement belle. Sa robe en tissu fluide (une robe un peu trop habillée pour la circonstance, elle doit probablement se rendre à un dîner plus tard) suit les courbes de son corps admirablement proportionné, élancé sans rien d'excessif. Elle porte des escarpins, des bas clairs, et serre entre ses doigts une pochette de cuir verni. Un simple rang de perles éclaire son ravissant visage, son nez spirituel parsemé de taches de rousseur, ses yeux d'aigue-marine, le rouge de sa bouche bien dessinée. Cette femme respire la douceur et la force, l'équilibre, quelque chose d'idéalement féminin. De sa place écartée, Gilles la détaille avec le mélange d'acuité et d'émerveillement, le bouleversement enchanté d'un homme en train de tomber fou amoureux. Et en un sens il préfère être loin d'elle, il se sent si troublé qu'il aurait peur de bafouiller.

4

Gilles pensait que la situation intenable qui était devenue la sienne chez Urba-Immo se dénouerait d'une façon ou d'une autre après les fêtes. Chaque jour, il s'attendait à une convocation dans le bureau du directeur administratif, à une engueulade pour une raison futile montée en épingle, un éclat qui ferait crever l'abcès. Ou bien à une lettre d'avertissement, sous un prétexte quelconque (par exemple, alors même qu'on s'ingénie à l'exclure de toute discussion, de toute décision, au motif qu'il manque les réunions, se désintéresse de son travail, ne prend plus d'initiative et ne dirige plus son adjoint...) – lettre suivie, réglementairement, d'une deuxième, encore plus comminatoire, et bientôt d'une troisième, pour aboutir finalement à une notification de licenciement pour fautes graves et répétées. Mais les quinze premiers jours de janvier s'étirent sans changement notable, laissant Gilles s'enliser dans une vase stagnante, une mare nauséeuse d'attente et d'ennui. Pendant ses longues heures de désœuvrement, il reste le front collé contre la vitre de son bureau à contempler les profondeurs du puits de lumière, imaginant qu'il s'y précipite, le bruit sourd et intense de son corps percutant le sol bétonné en faisant vibrer les parois, et aussitôt, à tous les étages, ses collègues qui se pressent aux fenêtres pour le voir, pantin désarticulé gisant tout en bas sur la dalle. Et il songe tristement que c'est bien ce qu'il est, ce qu'ils sont tous au fond, rien de plus que des marionnettes qu'on anime, qu'on fait vivre un moment puis qu'on jette au rebut pour les remplacer par des neuves. Ou bien, quand il se sent moins déprimé et reprend un peu du poil de la bête, les désirs assassins qui – si l'on en croit Freud – sommeillent dans l'inconscient de tout être humain, se réveillent, parviennent au seuil de sa conscience, et c'est alors Guy Prévault qu'il voit précipité dans le vide la tête la première, et son grand corps à lui heurter le fond du puits avec un « bang !» à faire trembler les murs. A d'autres moments, il feuillette les revues professionnelles auxquelles il est toujours abonné, en jetant un coup d'œil au passage sur les offres d'emploi, mais seulement pour se faire une idée du marché, sans illusion sur ses chances de retrouver une situation équivalente à la sienne à cinquante-trois ans. Sachant son ordinateur très certainement placé sous surveillance, il s'abstient de se livrer à une prospection systématique sur Internet, ce qui fournirait à Prévault un parfait prétexte pour le mettre à la porte sans indemnités : si on le surprenait à chercher ailleurs, ne serait-ce pas la preuve, flagrante, qu'il se désintéresse de son entreprise ? Et qui pourrait alors affirmer qu'il n'est pas sur le point de livrer des renseignements confidentiels à la concurrence ?... De temps en temps, lassé de l'oisiveté et de la solitude, Gilles sort de son antre et s'en va effectuer des petits tours d'inspection dans les services encore placés théoriquement sous sa responsabilité, écoute et conseille ses subordonnés comme auparavant, et d'une manière générale veille à remplir sa mission de suivi et d'information auprès des prestataires extérieurs qui continuent à lui téléphoner directement.

Le matin du 17 janvier, il n'est donc pas surpris de recevoir un coup de fil du concessionnaire BMW en charge du parc automobile de la société : on vient de lui livrer les modèles exposés au dernier Salon de l'Auto et il désire les lui faire essayer. Yvon Régnier et Gilles travaillent ensemble depuis une dizaine d'années. Globalement satisfaits l'un de l'autre, leurs rapports sont bons, presque amicaux, mais c'est une amitié toute professionnelle, de celles qui cessent et s'oublient instantanément dès que la collaboration prend fin. Toujours content de s'échapper des murs où il est confiné, Gilles propose de passer le voir en fin de matinée. Le show-room se trouve aux Champs-Elysées, à deux pas, de l'autre côté de l'Arc de Triomphe. Gilles décide d'y aller à pied. C'est un privilège que de travailler dans le centre de Paris et de pouvoir, alors qu'on dispose des plus belles voitures, se rendre en se promenant d'un bureau à l'autre.

A peu près au milieu de l'avenue, derrière une vitrine de trente mètres de long sur deux niveaux, les nouveaux modèles de la marque brillent comme des joyaux. Pour un client important, c'est le directeur de la concession en personne qui se charge de la démonstration. Gilles préfère ça, il n'aime pas avoir affaire aux vendeurs, ces types trop bien habillés, aux manières compassées, dont le discours onctueux vise à flatter la vanité des acheteurs. En professionnel efficace, sans phrases alambiquées ni ronds de jambes, Yvon Régnier se contente de lui présenter en détail les innovations de ses nouvelles voitures, sous l'œil admiratif des badauds du trottoir qui envient probablement le veinard sur le point de s'en offrir une.

– Alors, conclut le concessionnaire sur un ton bonhomme, ça vous tente d'essayer la berline ? Tiens, il est midi et demi ! Après ça je vous invite à déjeuner... On fait un petit tour sur les quais de la Seine, jusqu'au pont de Saint-Cloud par exemple, et puis, tiens, en revenant, on s'arrête place de l'Alma et on va manger un morceau chez *Francis* ! D'accord ?

Gilles refuse pour l'instant l'essai de la voiture mais accepte l'invitation à déjeuner qui l'intrigue. Les *leasings* d'Urba-Immo courent jusqu'en septembre ; le parc automobile ne sera donc pas renouvelé, même partiellement, avant cette date. Et Régnier connaît son métier, il n'est pas dans ses habitudes de bousculer ses clients, de commencer à les ferrer trop longtemps à l'avance, au risque de les indisposer. Alors, une invitation improvisée, sans but particulier ? Gilles n'y croit pas non plus : les représentants des grandes marques automobiles sont des gens réalistes, peu enclins à gaspiller leur temps en rencontres improductives ; et puis il y a eu trop de « Tiens !... », appuyés, dans l'intention évidente de faire croire à une inspiration soudaine. D'ailleurs pourquoi *Francis*, à quelques centaines de mètres du show-room, alors que lorsqu'ils déjeunent ensemble c'est généralement dans un établissement tout proche...

En pénétrant dans la salle du restaurant, une salle vaste et peu peuplée, bien différente des autres restaurants du quartier où les gens déjeunent à midi au coude à coude sans perdre une miette de la conversation de leurs voisins, Régnier se dirige d'autorité vers une table écartée, confirmant Gilles dans l'idée qu'il a quelque chose de précis à lui dire.

– Beau temps, aujourd'hui, fait-il en s'asseyant. Vous partez aux sports d'hiver ?

– Ma femme et mes enfants seront à Mégève le mois prochain. Je les y rejoindrai peut-être pour un week-end.

– Moi, le ski, je n'en fais plus depuis un moment. J'ai une espèce de douleur dans le genou. Un problème de cartilage, d'après mon rhumatologue.

– Ennuyeux, commente Gilles poliment.

– Eh oui, qu'est-ce qu'on y peut, hein…, soupire l'autre en prenant la carte des mains du serveur. – Un bar, accompagné de votre petit chardonnay.

– La même chose, dit Gilles. Et une demi-bouteille d'eau de Badoit.

Rituellement, c'est une forme de politesse dans la profession, leurs déjeuners d'affaires commencent par de menus propos sans rapport avec le sujet qui les occupe : la maison de campagne qu'on aménage, les études des enfants, la fonte de la banquise, les aléas de la vie politique (en se gardant toutefois de dévoiler ses opinions) ; il leur arrive même d'échanger quelques mots sur l'actualité culturelle (« Je viens de terminer *Da Vinci code*... Vous avez vu *Les Ch'tis ?*... »), préliminaires ordinairement assez longs, l'usage voulant qu'on n'aborde les questions sérieuses qu'à la fin du repas. Mais cette fois-ci, à peine leurs plats posés devant eux et le serveur éloigné, Régnier entre dans le vif du sujet :

– Alors, Monsieur Lapierre, vous êtes toujours satisfait de nos services ?

Nous y voilà, se dit Gilles – et il répond laconiquement : « Je ne vois pas de problème pour l'instant. »

– Parce que s'il y en avait un, de problème, le mieux serait de nous le dire franchement. Vous savez que nous tenons à votre clientèle et que nous faisons tout notre possible pour vous satisfaire, mais rien n'est jamais parfait, hein, on peut toujours s'améliorer... Alors si quelque chose n'allait pas, il ne faudrait pas hésiter à nous en parler.

– Bien entendu, consent Gilles en débarrassant méticuleusement son bar de son arête.

– Voyez-vous, Monsieur Lapierre, si je me permets de vous demander ça, c'est que... enfin, j'ai rencontré Berger l'autre jour, Paul Berger, je crois que vous le connaissez, il a travaillé quelques années chez nous. Et bien, il est chez Peugeot à présent – entre parenthèses, Berger, c'est moi qui l'ai formé, et maintenant c'est un concurrent qu'en profite, voilà comment on est récompensé, hein, l'ingratitude... Enfin nous sommes tout de même restés en bons termes ; on a bu un café la semaine dernière au tabac de la rue Washington et il m'a laissé entendre que vous les aviez approchés. D'après lui, vous leur auriez demandé de vous faire une proposition.

Gilles accuse le coup. Sans aucun doute, une démarche de Gausset, téléguidé par Prévault. Naturellement ça s'est fait derrière son dos, mais si son interlocuteur s'en aperçoit, il aura l'air d'un parfait imbécile.

– C'est sûrement une idée de mon adjoint. Il est en train de faire le tour de la question. Il doit avoir l'intention de me présenter un rapport.

– Et il fait ça de lui-même ? Vous n'étiez pas au courant ?

– C'est un garçon plein d'initiative.

Régnier avale quelques bouchées, l'air hésitant.

– J'ai su aussi, vous savez ce que c'est, le tam-tam de la profession... Bref, j'ai appris que votre adjoint avait également contacté Renault.

– C'est ce que je vous dis : il veut se faire une idée du marché, avoir une vue d'ensemble.

La réponse ne semble pas satisfaire le concessionnaire, qui insiste :

– Excusez-moi, je ne voudrais pas être indiscret, mais ça se passe bien chez vous avec la nouvelle direction ?

Sur le point de lui fournir une réponse vague, Gilles se ravise. Après tout, à quoi bon se fatiguer à faire semblant... De toute façon, Régnier sera bientôt renseigné ; à l'évidence, il se doute déjà de quelque chose.

– Ça va moyen, admet-il. La vérité, c'est qu'on m'a dessaisi de certaines décisions.

L'autre a compris ; de surprise, il repose ses couverts.

– Vraiment ? Désolé pour vous... Je suppose que vous avez un point de chute ?

– Un point de chute ?

– Nous avons à peu près le même âge, tous les deux, non ? Par les temps qui courent, on ne sait jamais ce qui peut arriver, il vaut mieux prévoir de retomber sur ses pieds... Moi, je suis propriétaire d'un garage à Nemours, c'est mon frère cadet qui s'en occupe.

« Qu'est-ce qu'il croit, se dit Gilles, que j'ai installé ma femme dans une agence immobilière ? »

– Je suis ingénieur, répond-il. J'ai toujours travaillé dans de grandes entreprises.

– Je comprends, dit Régnier.

Son regard se perd, il est déjà ailleurs. Dans son œil s'allume une lueur calculatrice, cette flamme minuscule et brève que l'homme le plus secret, le plus roué ne parvient pas à maîtriser. Il pense déjà à sa nouvelle stratégie. D'abord tâcher de savoir si quelqu'un est déjà pressenti pour remplacer Lapierre, puis obtenir sans tarder un rendez-vous avec les nouveaux managers d'Urba-Immo pour tenter de les convaincre de lui conserver leur clientèle...

Perfidement, Gilles le décourage :

– La nouvelle direction veut remplacer les BMW par des voitures françaises... C'est justement là-dessus que nous avons un désaccord.

– Changer les BM pour des françaises ? Ah bon, et pourquoi ça ? s'écrie le concessionnaire.

– Une idée de notre nouveau directeur administratif. Il prétend que les cadres d'un grand groupe français doivent rouler français.

– Dix ans qu'on travaille pour vous !... Ils ne peuvent pas nous faire ça !

– Oh si, ils le peuvent.

– Et qu'est-ce qu'elles ont de mieux les françaises ? Les nôtres sont beaucoup plus performantes... – S'encourageant d'un demi-verre de blanc bu d'un trait, il se lance avec conviction dans la défense de sa marque, puis, devant l'absence de réaction de son vis-à-vis, à bout d'arguments :

– Rouler français, rouler français... et qu'est-ce qu'ils font de l'Europe, alors ?

Gilles hausse les épaules :

– Ne vous inquiétez pas, Régnier, rien n'est encore fait. D'ici septembre, ils ont tout le temps de changer d'avis.

– Espérons, conclut sombrement le concessionnaire en faisant un signe au serveur : – Vous prenez un dessert ? Une crème brûlée ? Une salade de fruits ?

– Merci, je vais m'arrêter là. Je me contenterai d'un café.

Puisqu'il faut bien meubler la conversation en

attendant de se séparer, Yvon Régnier reprend point par point la défense de ses voitures, mais on sent que le cœur n'y est plus. A quoi bon se donner du mal pour un interlocuteur qui n'est plus décisionnaire et qui sera probablement viré d'ici la fin de l'année...

Avant d'accepter le poste qu'on lui offrait à la direction d'Urba-Immo, Guy Prévault avait pris le temps de la réflexion. Il travaillait à l'époque dans l'équipe managériale d'une grande banque et ne connaissait rien au BTP et à la promotion immobilière, sinon leurs aspects financiers. La proposition lui avait été faite par un manager du groupe FARGUES, polytechnicien comme lui, un camarade de promotion avec lequel il s'était bien entendu pendant ses études et qu'il rencontrait encore assez souvent parce que sa banque faisait partie de celles qui finançaient leurs projets. A plusieurs reprises, quand ils allaient boire un verre ensemble après une réunion, il s'était plaint à celui-ci de la rareté des opportunités d'avancement et de la lenteur des carrières dans cet établissement dirigé par une brochette de banquiers hors d'âge, arrimés à leurs sièges directoriaux comme la reine d'Angleterre à son trône. Au tout début de la quarantaine, en pleine possession de ses moyens physiques et intellectuels, il estimait que le poste où on le laissait moisir n'était pas à la hauteur de ses capacités et rongeait son frein. Aussi, lorsque FARGUES avait eu besoin d'un directeur administratif et financier pour l'une de ses filiales, son ancien condisciple avait immédiatement pensé à lui.

Prévault n'avait pas sauté sur la proposition, il entendait d'abord savoir où il mettait les pieds. Il avait eu plusieurs conversations avec son ami, s'était discrètement renseigné de son côté, en particulier dans les milieux financiers où il connaissait beaucoup de monde – précautions qui l'avaient convaincu qu'on ne lui faisait pas un cadeau empoisonné et que l'entreprise où on lui offrait enfin une situation conforme à ses aspirations, une situation digne de lui était saine. Cependant, avant de donner une réponse définitive, il avait encore pris le temps de réfléchir à ce qu'il pourrait faire pour elle afin d'optimiser ses résultats, tout en mettant ses propres capacités en valeur.

Pour améliorer les résultats d'une entreprise, la première chose qui vient à l'esprit d'un manager est d'en réduire les coûts salariaux ; les salaires pèsent lourd dans le budget des sociétés mais, en se donnant un peu de mal, on trouve toujours le moyen de redistribuer les responsabilités et de faire sauter quelques postes. Une procédure de licenciement n'en reste pas moins délicate, dès qu'on touche à l'humain de multiples problèmes se posent, dont les moindres ne sont pas les dispositions légales à respecter. (Licencier, il s'y était d'ailleurs employé dès son entrée en fonction, mais avec modération ; Urba-Immo était convenablement gérée, le personnel n'y était pas en surnombre et même avec la meilleure volonté il n'avait pas trouvé beaucoup d'emplois à supprimer.) Plongé dans l'étude des derniers bilans publiés, il avait donc continué ses recherches et, au bout d'une semaine, sa persévérance avait été récompensée : un beau matin, alors qu'il buvait son café, réfléchissant toujours, il avait eu soudain une idée lumineuse, de nature à faire bondir les résultats d'Urba-Immo dès la première année. Le plus étonnant était que personne ne semblait y avoir pensé, et pourtant, maintenant qu'il l'avait trouvée, son idée rayonnait avec toute la splendeur et la simplicité de l'évidence.

Il s'était bien gardé d'en souffler mot aux patrons de FARGUES-BTP quand il leur avait exposé ce qu'il comptait faire pour leur filiale (exposé au demeurant purement formel : tout ce qu'on attendait de la nouvelle équipe dirigeante était qu'elle continue l'œuvre de la précédente). Au cours de l'excellent repas qu'ils avaient fait chez Lasserre, aux frais de l'entreprise, afin de lier un peu connaissance avant de commencer à travailler côte à côte, il n'en avait rien dit non plus à Jean-Claude Legrand, le directeur général qui prenait les rênes en même temps que lui. D'ailleurs, à ce que Prévault avait cru comprendre, Legrand, qui faisait déjà partie du groupe, était avant tout un commercial – une pointure il est vrai, grand connaisseur du marché des travaux publics et de l'immobilier et remarquable négociateur, que les grands patrons avaient l'habitude d'appeler en renfort sur les très grosses affaires. On pouvait donc prévoir qu'il s'intéresserait peu aux questions d'organisation interne. Prévault avait même l'impression qu'on l'avait nommé à ses côtés précisément pour l'en décharger et qu'il lui faudrait donc ajouter tout un pan des responsabilités du directeur général aux siennes, ce qui au fond n'était pas pour lui déplaire : il aurait ainsi les mains libres pour élaborer son plan. Car son idée, si simple, si évidente en apparence, avait besoin d'être mûrie et sa « *faisabilité* » sérieusement étudiée. Lui-même, pour être crédible quand il la présenterait, devrait être suffisamment intégré dans sa nouvelle entreprise et bien connaître les gens devant lesquels il aurait à la défendre ; tout cela demanderait du temps, plusieurs mois, un an peut-être. Mais enfin, ne doutant pas, avec une idée aussi productive et brillante, de parvenir à convaincre ses nouveaux employeurs et d'obtenir leur feu vert, Prévault avait accepté le poste qu'on lui proposait et, début septembre, il était entré chez Urba-Immo, décidé à se donner tout le temps nécessaire pour mettre son projet sur pied.

Dans les premiers jours de février, un bruit commence à circuler dans la maison. On ne sait d'où il est parti, mais rampante et rapide comme la braise d'une mèche, la nouvelle se répand que le directeur administratif visite des immeubles de bureaux en banlieue. Ces derniers mois, on l'a souvent entendu se plaindre de la désuétude et de l'incommodité des locaux. La conclusion s'impose : la direction envisage de quitter l'avenue de la Grande-Armée pour installer Urba-Immo hors de Paris. Cette nouvelle, totalement inattendue, fait naître au sein du personnel un malaise, allant d'une vague inquiétude à la perspective de devoir changer ses habitudes, modifier son train-train, jusqu'à la crainte, bien précise celle-ci, et très fondée, de perdre son emploi dans la réorganisation des services qui ne manquera pas d'avoir lieu à l'occasion du déménagement.

Guy Prévault, quant à lui, vit un grand moment. Le projet qui n'a pas quitté ses pensées, qu'il nourrit en secret depuis son arrivée dans la maison est en passe de se réaliser. A force d'explications et de démonstrations chiffrées, il a réussi à persuader le Conseil d'administration d'Urba-Immo de se débarrasser de son immeuble du quartier de l'Etoile pour transférer la société dans des locaux modernes et moins coûteux. A la vérité, il s'attendait à plus de difficultés, cela s'est fait beaucoup plus facilement et rapidement qu'il ne l'imaginait.

Trois décennies plus tôt, la société-mère, l'entreprise de bâtiment-travaux publics proprement dite, à la suite d'un arrangement avec une société foncière qui lui devait de l'argent et se trouvait à court de liquidités, avait acquis ce petit immeuble dans des conditions très favorables, et l'avait aussitôt revendu à sa filiale de promotion immobilière qui s'y était installée. Mais, en réalité, ils n'y tenaient pas plus que ça et Prévault les avait convaincus sans mal que ce bâtiment bientôt soixantenaire, avec sa façade de verre fumé très datée et sa conception intérieure malcommode était complètement dépassé. Devant les représentants du groupe et les actionnaires, il avait longuement détaillé ses multiples inconvénients. L'espace gaspillé : l'immense salle de réunion du quatrième utilisée trop rarement et séparée d'une salle à manger presque aussi spacieuse – qui, elle, ne servait jamais – par un mur porteur difficile à abattre ; l'insonorisation insuffisante qui déconcentrait les employés et diminuait leur productivité ; les bureaux mal éclairés, allumés en permanence dans les étages inférieurs autour du puits de lumière (le puits de lumière !... tout ce volume inutilisé, une aberration !) ; le restaurant d'entreprise et la cuisine en demi sous-sol insuffisamment aérés, à la limite de la réglementation, il ne faudrait pas qu'un inspecteur des Services d'Hygiène et de Sécurité un peu pointilleux vienne y mettre son nez ; pour ne rien dire des deux ascenseurs obsolètes, qui pourraient bien un jour refuser de partir, ou même se bloquer entre deux étages un vendredi soir, après la fermeture des dépanneurs... etc.

D'un caractère introverti, Prévault n'avait jamais aimé prendre la parole, il n'était pas bon orateur et, quand il y était obligé, s'en tirait en apprenant par cœur un exposé qu'il récitait sans talent, sur un ton monocorde. Mais cette fois-ci, porté par son sujet, plein de conviction, il s'était exprimé spontanément et sans notes, et sans doute avait-il su trouver les mots, l'accent vibrant qu'il fallait, car une actionnaire âgée de l'aréopage, épouvantée à l'idée de claquemurer de pauvres gens dans un bâtiment aussi insalubre et lugubre, s'était écriée « *Mon Dieu, mon Dieu...* » en frissonnant.

En résumé, avait conclu Prévault, l'immeuble de la Grande-Armée n'était pas digne de la filiale d'une entreprise de BTP prestigieuse, réputée construire des bureaux à l'avant-garde de la technologie, répondant aux normes HQE[1] et Basse Consommation. Il y avait là une contradiction qui ne pouvait à terme que nuire à l'image du groupe et le desservir. Mais, heureusement, en sa qualité de directeur administratif et financier, lui-même avait sérieusement étudié le problème et il avait trouvé une parfaite solution de repli dans un ensemble de La Plaine Saint-Denis – des bureaux construits par FARGUES-BTP justement, que la société foncière propriétaire peinait à louer et dont elle avait encore plus de la moitié sur les bras. Puisqu'ils en étaient eux-mêmes les constructeurs, ils ne risquaient pas de mauvaise surprise – on savait où on mettait les pieds – et toutes les conditions se trouvaient réunies pour qu'on puisse en louer quelques étages à un prix plus que raisonnable. Leur immeuble actuel, situé comme il l'était, valait cher, mais l'une des grandes agences parisiennes spécialisées dans ce type de transaction avec lesquelles Prévault avait pris contact se faisait fort de lui trouver rapidement un acquéreur : elle avait à Doha un client richissime qui achetait tout ce qui lui tombait sous le main dans le Triangle d'or ou aux alentours. Bien entendu, Prévault avait déjà réfléchi à la façon de faire fructifier le produit

---

[1] Haute Qualité Environnementale

de la vente. Grâce aux excellents rapports qu'il conservait avec son ancienne banque et aux relations qu'il avait nouées dans les milieux financiers internationaux durant sa précédente activité, il était en mesure d'investir les liquidités dégagées en placements hautement performants...

A cet instant, il avait senti un mouvement dans l'assistance. Trois actionnaires avait sorti leur calculette et lui demandait une estimation de la somme. Prévault avait déjà identifié ces trois hommes comme des *leaders*, ces fortes personnalités qui se dégagent de n'importe quelle réunion, et sur lesquelles il est de bonne politique de s'appuyer, ou au contraire qu'il faut s'appliquer à combattre, car – il en avait fait l'expérience – les autres finiront presque à tous coups par les suivre. Par chance, aujourd'hui, les leaders étaient ses alliés. Des hommes que la possession des biens matériels n'excitait plus, sensibles, comme lui, à l'élégance immatérielle des chiffres qui pirouettaient et se multipliaient avec une vélocité prodigieuse sur les écrans du monde entier, des esprits fins, on pourrait presque dire *désintéressés*, captivés par la seule beauté du jeu. En regard de l'agilité, de la grâce aérienne, de la merveilleuse fluidité de l'argent (de sa volatilité et de sa fugacité aussi, parfois, mais mieux valait ne pas trop s'attarder là-dessus), que représentait un vieil immeuble, ce tas de pierres inerte, improductif, très bête... ? Bien peu de choses.

De manière prévisible, une fois les leaders gagnés à sa cause, après un temps de réflexion raisonnable, l'assemblée avait donné son accord unanime dans un grand élan d'enthousiasme. S'ils en avaient eu le pouvoir, ils auraient bien bazardé dans la foulée la filiale elle-même et ses cent vingt employés.

De sorte que, six mois à peine après son arrivée,

Prévault a atteint son but : l'immeuble de la Grande-Armée sera bientôt vendu et, compte tenu du peu d'intérêt et de l'incompréhension des profanes pour les opérations boursières, il est probable qu'on lui laissera une large latitude pour placer le produit de la vente comme il l'entend. En outre, le déménagement va lui permettre de réorganiser l'entreprise et de réduire les dépenses. Et d'abord, le moment est tout choisi pour opérer des coupes sérieuses dans la masse salariale : à la faveur de la restructuration nécessitée par l'installation dans les nouveaux locaux, il pourra procéder en toute légitimité à un licenciement collectif et se débarrasser, entre autres, sans trop de frais et d'ennuis, de deux ou trois chefs de service qui n'épousent pas ses orientations et l'insupportent en réunion avec leurs moues dubitatives et leurs sourires sceptiques, et surtout faire disparaître de sa vue le directeur des Services généraux, ce Lapierre qui, depuis le temps qu'il est dans la maison (vingt ans ! cela donne une idée de son immobilisme...) se croit le maître de l'immeuble et persiste à s'incruster. Lui parti, on remplacera, sans discussions oiseuses, le parc automobile : des voitures françaises, de la marque Peugeot ou Renault – c'est à voir – coûteront de toute façon moins cher que les BMW. Sans compter que le simple transfert dans un immeuble de bureaux moderne va automatiquement générer des économies substantielles. Economies sur l'électricité et le chauffage, et même sur l'entretien qui sera grandement facilité dans les *open-spaces* installés sur de vastes plateaux d'un seul tenant. Economies sur la maintenance (quatre salaires, tout de même, rien que pour faire tenir debout l'actuelle vieille baraque !) et sur la sécurité, normalement assurées, en même temps que le gardiennage, par la société bailleuse pour tout l'immeuble de La Plaine

Saint-Denis, ce qui permettra de mettre fin au contrat avec Etoile-Security, un prestataire hors de prix, réputé fiable certes, mais avec ce personnel tournant d'anciens militaires, d'anciens flics, d'anciens gardes du corps, comment savoir à qui on a affaire, on ne sait jamais sur qui on peut tomber...

Bref, en ce début de février, Prévault a toutes les raisons d'être satisfait. Jamais un de ses projets ne s'est développé avec une telle élégance. Comme un jade Qing qu'il ferait lentement tourner entre ses mains, de quelque côté qu'il le contemple, il ne présente que des beautés.

Il ne reste plus qu'à rendre la chose officielle. Imposer silence à la rumeur qui bourdonne depuis une semaine dans les bureaux et dans les couloirs, détourne les employés de leur travail et les rassemble à la cantine ou devant les machines à café pour d'interminables conciliabules précurseurs de contestation, peut-être même de rébellion. Comme le dit justement la directrice des Ressources humaines, il est grand temps de calmer les esprits, il ne faudrait pas que les esprits s'échauffent.

Tout en produisant le résultat attendu (un bon moyen de faire taire une rumeur, c'est de la confirmer), l'annonce officielle du déménagement a pour effet immédiat de diviser le personnel en deux camps. Le premier, favorable au projet et largement majoritaire, regroupe les habitants de la banlieue nord qui se disent qu'après le transfert à La Plaine Saint-Denis ils seront plus vite arrivés au bureau et plus vite rentrés chez eux ; ceux aussi, venus d'autres banlieues, satisfaits à la perspective d'éviter en sortant du périph la montée de la Grande-Armée dans les embouteillages, puis la recherche énervante et aléatoire d'une place où se garer, ou la dépense du parking souterrain ; et d'une façon générale tous ceux qui, nés et élevés en province ou en banlieue, n'aiment pas vraiment Paris, ne voient au fond la capitale que comme un lieu où l'on vient se distraire le week-end, lécher les vitrines, dîner au restaurant, aller au cinéma – en somme, une espèce de Disneyland –, et qui, plus ou moins consciemment, considèrent le travail comme une punition qu'il est normal d'accomplir dans un endroit triste et austère, sentiment qu'ils expriment d'un péremptoire : « *On va pas travailler pour s'amuser* », en faisant peser sur le camp adverse de lourds regards réprobateurs.

Celui-ci, minoritaire (une vingtaine de personnes au plus) mais activiste, remuant et comploteur, constitue le camp des « *Parisiens* » – ainsi qu'ils n'ont pas tardé à se dénommer eux-mêmes –, Parisiens de souche ou d'adoption, très attachés à leur ville et au quartier de l'Etoile où ils estiment avoir la chance de passer leurs journées. Des gens qui, en s'engageant chaque matin dans l'avenue de la Grande-Armée, se sentent tout à coup différents, comme rehaussés, anoblis par la beauté du cadre urbain qui les entoure, et qui, le soir, avant de regagner leur quartier excentré, prennent parfois le temps de flâner un peu, s'installent à la terrasse d'un café des Champs-Elysées et passent là un moment à contempler l'opulence des immeubles, la richesse des boutiques, les belles femmes qui passent, à s'imprégner de l'élégance et du luxe environnant comme s'ils pouvaient en recueillir quelque chose. Se sont jointes à leur camp quelques personnes moins imaginatives, qui se moquent bien, quant à elles, d'aller travailler ici ou là, prendraient tous les jours le train jusqu'à Lille s'il le fallait pourvu qu'on leur conservât leur poste, mais qui, hélas, ont de bonnes raisons de se sentir menacées par la refonte des services qui accompagnera inévitablement le déménagement. S'ajoutent encore au camp des Parisiens un petit nombre de banlieusards inconditionnels des transports en commun, employés de longue date chez Urba-Immo qui, pour plus de commodité, ont fini par élire domicile sur une ligne directe avec leur bureau, et dont le dispositif risque d'être réduit à néant.

Dans l'impossibilité de mobiliser le syndicat pour un transfert objectivement profitable à l'entreprise et prévoyant que le licenciement collectif qui leur pend au nez sera fait dans les règles, incontestable, les membres du camp protestataire se retrouvent chaque soir pour discuter de l'affaire dans un bar-tabac proche de l'Etoile, discrètement situé dans une petite rue perpendiculaire à l'avenue. Mais il n'est encore ressorti de ces réunions clandestines, aucune idée concrète, aucune habile tactique ou manœuvre dilatoire. Tout en répétant qu'il faut faire quelques chose, qu'il est urgent d'agir, on se contente de répertorier les inconvénients du transfert, de se moquer des « ploucs » favorables au départ et de persifler son « inventeur », le directeur administratif et financier, dont chacun sait désormais qu'il habite Chantilly, une commune chic de la banlieue nord (surnommée « Le petit Deauville » à cause des centaines de chevaux qu'on y entraîne et de son splendide hippodrome) et qu'il entre donc dans la catégorie de ceux que le déménagement à La Plaine Saint-Denis arrange, à croire qu'il a choisi l'endroit uniquement pour son confort personnel. Trois assistantes non motorisées qui craignent, l'hiver, en partant du bureau, le trajet par les rues noires jusqu'à la première bouche de métro, ont bien eu l'idée d'une pétition. Mais que vaut une pétition de trois signataires ? D'ailleurs, le comité d'entreprise avait déjà soulevé la question et la réponse était prête : un car prendrait les employés à pied à la sortie du métro le matin et les y reconduirait le soir. Les assistantes retenues après les heures ouvrables seraient raccompagnées individuellement jusqu'au métro par leur chef. Bref, dans ce café discret où les protestataires se rassemblent avec des mines de conspirateurs (allant jusqu'à éviter des échanges de regards au bureau pour ne pas éveiller les soupçons du camp opposé), on ne fait rien de plus que se monter la tête et blablater en éclusant des verres.

Evidemment Gilles Lapierre ne se sent pas concerné. S'il a bien perçu la rumeur et lu, simple curiosité, la note de service épinglée au tableau d'affichage (note qui ne lui a pas été distribuée, il doit bien être le seul de la maison à ne pas l'avoir tenue entre ses mains), pour lui il n'y a pas de doute qu'il ne fera plus partie de l'entreprise en septembre prochain, date à laquelle – après le déménagement prévu pour le mois d'août – le travail doit reprendre à La Plaine Saint-Denis. Compte tenu des délais de préavis, le licenciement collectif sera certainement signifié aux cadres et aux employés concernés fin mai-début juin, et il est prévisible que Gilles recevra sa lettre à ce moment-là, en même temps que les autres. Et alors, licenciement collectif ou pas, il prendra rendez-vous avec un avocat combatif et contre-attaquera. Il fera voir à ce blanc-bec de directeur administratif, ce benêt de banquier parachuté dans une profession à laquelle il ne connaît rien qu'on ne se débarrasse pas du directeur des Services généraux de la filiale immobilière de FARGUES-BTP d'un trait de plume.

La perspective d'un déblocage prochain de sa situation, qu'il peut à présent dater à peu près, a sensiblement modifié son état d'esprit. Gilles est entré dans une phase d'attente où il ne s'ennuie plus, ne se morfond plus. Face à l'injustice qui lui est faite, il ne ressent plus de l'humiliation et de la colère, aggravées par un sentiment d'impuissance, mais plutôt une espèce de détachement – détachement qui lui donne un air mystérieux et concentré propre à intriguer ses collègues les plus observateurs. Et pendant ses longues heures de désoeuvrement, qu'il accueille à présent avec patience, comme une pause, un moratoire qui lui serait accordé, pendant lequel il n'aurait plus (puisque la balle est désormais dans le camp de Prévault) à réfléchir, à hésiter, à souffrir, c'est naturellement la femme dont il est amoureux qui occupe toutes ses pensées.

Pourtant, quand Manuelle Germain était arrivée dans la maison, quelques mois plus tôt, dans les bagages du nouveau directeur général, si Gilles l'avait trouvée séduisante, il n'avait rien ressenti qui laissât prévoir le sentiment qui le taraude à présent. Il n'avait pas eu de choc particulier, pas de *coup de foudre* (en fait, Gilles ne se souvient pas d'un coup de foudre depuis ses dix-huit ans, et ça n'avait pas dû se produire plus d'une fois ou deux ; les souffrances qu'il avait alors endurées, ses chagrins brefs mais violents d'adolescent, suivis des conseils de prudence d'un ami de son père un jour qu'il l'avait trouvé en pleurs dans sa chambre, l'avaient détourné pour la vie de ces emballements). Ce n'était pas la première fois qu'une femme lui plaisait et, quand cela se produisait, ça pouvait aller d'une admiration distante, sans intention précise, jusqu'à un désir impatient, qui s'assouvissait quand les circonstances s'y prêtaient. Dans les premiers temps de son arrivée, Manuelle n'avait été rien de plus pour lui qu'une jolie femme qu'il avait plaisir à croiser ou à contempler de loin.

Le déclic s'était produit un peu plus tard. Au commencement de sa mise au placard, alors que lâché par tous, ostracisé, il déjeunait tout seul à la brasserie, il se souvient qu'il avait été profondément touché quand, avec élégance et douceur, en manière de protestation contre la pusillanimité des autres, elle lui avait tendu la main. Blessé comme il l'était alors, ce simple geste, qui lui avait fait l'effet d'un onguent délicatement appliqué sur une plaie à vif, s'était imprimé dans son esprit, dans son cœur, et il était tombé amoureux comme un gamin, comme il ne l'avait plus jamais été depuis son adolescence.

Gilles garde ses sentiments secrets pour l'instant. Dans la position délicate où il se trouve, il n'est pas question d'inviter l'assistante du Directeur général à dîner, il aurait l'air de solliciter son aide. Il doit se montrer patient, attendre pour se déclarer d'avoir trouvé une nouvelle situation ou tout au moins d'avoir engagé la lutte contre Prévault ; bref, d'être redevenu un homme. Puisqu'on est à la fin de février et que les lettres de licenciement ne devraient pas arriver avant la fin mai, il a devant lui tout un trimestre. C'est la première fois depuis qu'il a terminé ses études et entamé sa carrière qu'il jouit d'un aussi long répit.

Inlassablement, Gilles se remémore le charmant visage de Manuelle, sa silhouette gracieuse, sa démarche déliée, ou même le son de sa voix, son inflexion affectueuse quand il a eu la chance de la rencontrer dans l'ascenseur, qu'ils ont fait la montée ensemble et qu'elle lui a souri, adressé un petit signe ou dit bonjour. « *Bonjour, Monsieur Lapierre* »... Ça n'a l'air de rien, ça peut même sembler impersonnel, mais comment l'assistante du Directeur général pourrait-elle l'appeler par son prénom devant les autres ? Lui, il sent bien qu'il y a quelque chose entre eux, un fil tendu invisible, et ces quelques secondes d'échange tacite, quand elles se produisent, lui réchauffent le cœur pour la journée.

Naturellement, il rêve de la posséder. Chez lui, quand il fait la sieste après le déjeuner du dimanche, le soir avant de s'endormir ou même en accomplissant son devoir conjugal avec son épouse, ce qui le détend quelques heures et maintient un semblant de normalité dans son ménage. Claire... Il faudra bien pourtant lui dire la vérité, demander le divorce. Elle sera fâchée, humiliée, mais Gilles ne croit pas que sa femme l'aime assez pour en souffrir vraiment. La maison sera vendue ; le solde du crédit remboursé, il partagera le reste avec elle ; ses économies, ses indemnités aussi, il les partagera. Et puis Claire travaillera, elle a un métier, un BEP commercial ; elle était vendeuse de parfumerie quand il l'a connue, un bon métier, relativement épargné par le chômage. Ou bien, puisqu'elle est encore belle, elle se remariera, un autre homme prendra soin d'elle. Gilles paiera les études des enfants, ils sont grands à présent, dans peu de temps ils seront adultes...

Néanmoins, ces dispositions ne sont pas d'actualité. Doué d'un esprit méthodique, Gilles a l'habitude de prendre les problèmes les uns après les autres, au moment où ils se posent. Il sait qu'il faut laisser du temps au temps, que le temps résout tous les problèmes. Ce qui lui semblait encore il y a quelques mois si lourd à porter, son angoisse à l'idée de perdre sa situation, son confortable salaire, de ne pouvoir faire face à ses charges familiales et de dégringoler de plusieurs degrés dans l'échelle sociale, ne s'est-elle pas évanouie comme par enchantement ? Tout paraît si simple à présent, les buts et les comportements qui régissaient sa vie sont devenus inessentiels, presque risibles. Par la grâce de son nouvel amour, il perçoit le monde différemment. La passion aiguise sa perception des choses, le ramène à une sensibilité d'enfant en lui restituant un regard à la fois émerveillé et réfléchi sur mille détails qu'il avait désappris à voir : quelques flocons de neige tombés pendant la nuit et qu'il découvre avec ravissement le matin en couche légère sur l'herbe de sa pelouse, la course des nuages accompagnée de leur lente métamorphose, les lumières d'une avenue vacillant sous la pluie, les gouttes qui frappent son pare-brise au rythme apaisant des essuie-glaces... Par-dessus tout, Gilles a découvert qu'il pouvait s'arrêter, respirer, savoir simplement qu'il existe avec le sentiment de faire un avec la terre, d'être protégé par elle. Pour n'être pas banni de cet état bienheureux d'acuité sensorielle, de disponibilité, de fraîcheur, expulsé de cette transfiguration merveilleuse et retomber dans la vie ordinaire, avec ses contingences, sa trivialité, ses fardeaux, des femmes, des hommes ordinairement considérés comme raisonnables s'accrochent pendant des années à une passion malheureuse et sans espoir. Alors qu'est-ce que trois mois d'attente pour Gilles, certainement plein d'espoir, mais en même temps inquiet, pas très pressé au fond de se déclarer, de s'exposer à un refus toujours possible.

A midi, le samedi premier mars, Guy Prévault introduit sa clé dans la serrure et pénètre dans le hall de sa maison avec une exceptionnelle sensation de légèreté. Habituellement, quand il rentre chez lui – la plupart du temps c'est le soir au retour du bureau –, à l'instant précis où il franchit son portail pour mettre sa voiture au garage, ou même avant, quand il est encore sur la route et qu'il atteint le poteau « Chantilly » à l'entrée de la ville, une tristesse inquiète s'abat sur lui, un accablement, la sensation physique d'une chape tombant sur sa nuque. Ces derniers temps, il n'en était même plus à se demander s'il trouverait sa femme sobre ou ivre (elle n'est plus en état de s'abstenir vingt-quatre heures et commence à boire dès le déjeuner) mais quelle quantité elle aurait absorbée au cours de la journée, si elle serait seulement excitée et vindicative, ou totalement absente, incohérente, et surtout si sa fille Juliette, comme il le lui a cent fois recommandé, serait bien montée faire ses devoirs dans sa chambre aussitôt que l'employée de maison serait partie, de façon à passer la demi-heure de battement entre le départ de celle-ci et son arrivée à lui à l'écart de sa mère. Mais aujourd'hui la maison ne recèle aucune menace, c'est seulement un intérieur accueillant et silencieux où flotte un discret parfum d'ambiance, le salon du rez-de-chaussée illuminé par les rayons d'un soleil printanier précoce qui chauffent les vitres des fenêtres et élève d'un degré ou deux la tiédeur diffusée par les radiateurs ; aujourd'hui, en rentrant chez lui, Prévault ne ressent ni accablement ni inquiétude : c'est le milieu des vacances scolaires ; depuis une semaine, et pour une autre semaine encore, sa fille est en sécurité avec ses grands-parents – ses grands-parents Prévault – dans leur chalet de Chamonix. Et ce matin son épouse est partie pour Montreux afin d'y suivre une nouvelle cure de désintoxication, la troisième.

Cette fois, il n'a pas pris la peine de la conduire en voiture jusqu'au coûteux établissement où elle semble avoir pris ses habitudes. Prétendant qu'il avait un emploi du temps chargé, un dossier à étudier pendant le week-end, il s'est contenté de l'accompagner au train. Il a rangé ses bagages au bout du wagon – deux lourdes valises, un sac de cuir bourré, à croire qu'elle ne se rendait pas pour un mois dans un établissement de cure, mais partait s'installer dans un palace des Bahamas ou d'Amalfi pour toute une saison de mondanités – et il est aussitôt redescendu sur le quai. Machinalement, comme l'aurait fait une épouse normale, comme s'ils formaient encore un couple uni contraint de se séparer quelques jours, Ariane est redescendue avec lui. Elle a encore de ces automatismes, de ces comportements faussement soumis de femme qui a toujours dépendu des hommes, son père, ses amants, son mari, et qui y met plus ou moins les formes. En attendant le départ du train, ils sont restés quelques instants face à face, sans rien à se dire. Ariane levait vers lui son visage gonflé par un début d'œdème, ses paupières alourdies – un visage sans expression. Elle était déjà loin, pressée de rejoindre son groupe, ces gens humains, sensibles, qui lui ressemblaient, la comprenaient. Tout le contraire de lui, son mari. Ariane lui avait assez reproché son scepticisme, son ironie. Elle n'avait pas tort, le sens de tout ça échappait à Prévault. Il n'avait jamais compris ce qui poussait des adultes à fuir leurs responsabilités pour aller vivre en collectivité et obéir à un règlement infantilisant, quel réconfort ils pouvaient bien trouver à se réunir en cercle et à déballer leurs combats perdus, leur misère morale, pendant que les autres les écoutaient avec un ennui patient en attendant leur tour. Dans l'affaire, il avait plutôt l'impression d'être victime d'une espèce d'entourloupe. Sous prétexte de se soigner, de s'amender, ces cures répétées et coûteuses n'étaient pour Ariane que l'occasion de s'éloigner de lui et de sa fille, de rompre avec la monotonie de ses jours et de se retrouver comme en villégiature dans sa petite société, en profitant de la circonstance pour réparer un peu son foie, le mettre en état de supporter de nouveaux excès. Car elle le reconnaissait elle-même : elle n'avait pas l'intention d'arrêter de boire. Sans alcool, l'existence qu'elle menait lui était insupportable. Debout sur le quai à côté d'elle, il respirait son odeur de transpiration vineuse, une odeur qu'il connaît bien, l'odeur du lendemain matin qui stagne en un remugle poisseux et tiède dans leur chambre, imprègne les draps, les oreillers, et qui recommence à sourdre de ses pores tout de suite après son bain, avant même qu'elle ait bu son premier verre.

Enfin, le haut-parleur a donné le signal du départ. Ariane a murmuré au revoir et elle est remontée s'asseoir à sa place. Prévault a fait demi-tour pour regagner sa voiture. Il savait qu'aussitôt le train parti, elle commencerait à attendre l'annonce du wagon-restaurant, que, maîtrisant son impatience, elle s'y rendrait au premier service en se forçant à marcher lentement, comme une personne qui ne serait pas mue par une violente envie d'alcool, qu'elle commanderait au début de son repas une demi-bouteille de bordeaux d'une bonne appellation, et n'arrêterait plus de boire de tout le voyage.

Il va entrouvrir une fenêtre du salon pour aérer un peu et se dirige vers la cuisine. C'est une grande pièce située à l'arrière de la maison en léger contrebas (on descend trois marches pour y accéder), une cuisine ancienne dotée d'une hotte aux dimensions imposantes qui surmonte d'une manière anachronique une luxueuse et décorative cuisinière *La Cornue* à six feux achetée par Ariane au temps où elle s'intéressait encore à son intérieur. Prévault est propriétaire de sa maison, construite à la fin du dix-neuvième siècle sur une belle avenue bordant la pelouse de l'hippodrome de Chantilly. Il en a hérité la moitié d'une grand-tante célibataire et a racheté l'autre moitié à son cousin, un médecin établi à Lyon qui n'avait que faire d'une propriété dans la région parisienne. Les jours de manifestation hippique, à condition que les chevaux passent par la grande piste, Prévault peut suivre leur course de sa fenêtre.

Il met le plat préparé pour lui par son employée au micro-ondes et pose son couvert sur la longue table centrale. Il se sent bien dans cette pièce rassurante, fraîche en été, chaude en hiver, où il prend la plupart de ses repas quand il est chez lui. Depuis quelques mois, Ariane se prétendant de plus en plus souvent souffrante, il y dîne presque chaque soir en tête à tête avec sa fille.

Juliette aura bientôt dix ans, elle est en âge de comprendre beaucoup de choses, mais Prévault ignore ce qu'elle pense de sa drôle de mère, dont, sur un ton évasif ou compatissant, on lui dit depuis sa petite enfance qu'elle est malade. On ne l'entend jamais se plaindre ; si elle est triste, c'est à la manière des jeunes enfants qui ne savent pas qu'ils sont malheureux et supportent vaillamment sans protester le sort qui leur est fait par les adultes. Sa tristesse ne se révèle que par contraste, à la veille des vacances, quand elle prépare sa valise pour partir en classe de neige ou passer l'été chez ses grands-parents ; alors, à la perspective de quitter la maison sa joie éclate, elle retrouve d'un seul coup une exubérance normale de petite fille.

Celle qui prend soin d'elle quand il n'est pas là, qui la conduit à l'école et retourne la chercher, soigne ses bobos, prépare ses repas, ses vêtements (à l'exception de ses garde-robes d'été et de rentrée que sa mère trouve encore amusant d'acheter, le shopping n'a pas perdu le pouvoir de la distraire), c'est Maria Oliveira, leur employée de maison. Maria travaille chez eux depuis quatre ans, et Prévault lui en est reconnaissant, estimant qu'il a eu de la chance de la trouver car celles qui l'avaient précédée ne tenaient pas longtemps. Au bout de quelques semaines, de quelques mois, elles venaient lui demander leur congé en s'excusant maladroitement, sans plaintes précises à formuler, même pas contre Ariane, trop heureuse d'être débarrassée des soucis domestiques et qui les ignorait la plupart du temps, les laissant s'organiser comme elles voulaient. Simplement, elles n'auraient pas su dire pourquoi mais passer leurs journées dans cette maison les démoralisait, elles n'avaient plus de goût à ce qu'elles faisaient. En les voyant devant lui, confuses, Prévault devinait que travailler chez lui leur faisait honte, comme si l'indignité de la maîtresse de maison retombait sur elles.

Maria Oliveira est d'une autre trempe ; c'est une femme intelligente et robuste, raisonnablement instruite, qui avait un emploi stable dans l'administration à Lisbonne et ne s'est exilée en France que pour suivre son mari. Elle avait dû sentir à leur première entrevue que ce père et sa fille avaient besoin d'elle, qu'elle avait une responsabilité à prendre. Depuis quatre ans – à part quelques intermèdes, de plus en plus rares, où Ariane se souvient qu'elle a des devoirs envers sa famille – c'est Maria qui fait marcher la maison et parvient à donner à Juliette la vie régulière, le minimum d'équilibre et de sécurité dont une enfant a besoin.

Son repas terminé, Prévault se prépare un café et emporte sa tasse dans son bureau. Le dossier qu'il étudiait la veille est ouvert sur sa table. Selon l'accord qu'il avait pris en entrant chez Urba-Immo, il était entendu que, pour raisons familiales – comme il le faisait déjà à la banque où ça ne posait aucun problème –, il partirait tous les soirs à six heures quitte à emporter ses dossiers chez lui. Il n'a pas de mal à respecter cet accord : que ferait-il de ses soirées ? C'est son travail qui lui permet de s'évader, au sens propre comme au figuré, et lui procure ses principales satisfactions. Avec Juliette bien sûr, son enfant docile, aux yeux trop graves, au front réfléchi, toujours dans les trois premières en classe.

A quatorze heures pile, la sonnette de la porte d'entrée se fait entendre. C'est une des qualités que Prévault apprécie chez son assistante : sa ponctualité. Il va ouvrir et la débarrasse de son manteau. Comme toujours, Véronique Martin est habillée avec sobriété – aujourd'hui, d'un tailleur-pantalon gris chiné et d'un pull fin à col roulé d'une teinte rose orangé dont le reflet colore un peu ses joues pâles de Parisienne. Seule concession au *casual-wear* du week-end : elle a remplacé les escarpins à petits talons qu'elle porte habituellement par des mocassins, ce qui ne la rapetisse pas beaucoup : même en talons plats elle peut s'adresser à Prévault sans lever la tête, il ne lui rend pas plus de dix centimètres. A sa suite, elle traverse le salon pour aller vers le bureau, remarquant au passage les meubles d'acajou verni, la vitrine où sont exposés des objets chinois, boîtes en laque, dragons d'ivoire, jades sculptés (le jade, symbole selon Confucius des vertus de l'homme pur et pour lequel Prévault a une prédilection), les deux tapis d'Orient aux couleurs passées, les tableaux de l'Ecole de Barbizon dans leurs épais cadres dorés, les hautes fenêtres donnant sur le champ de course. – en somme, mis à part l'ouverture sur l'hippodrome, un décor bourgeois assez banal, et cependant un peu intimidant pour Véronique qui n'en a jamais vu de semblables que dans les magazines ou au cinéma. C'est la première fois que son patron la convoque à son domicile. En général, quand il a besoin d'elle le samedi (et ce n'est pas si fréquent : depuis six mois qu'ils travaillent ensemble, ça n'est pas arrivé plus de trois ou quatre fois), elle se rend normalement au bureau avenue de la Grande-Armée. Elle n'a su qu'hier soir qu'elle devrait le rejoindre chez lui. Prévaut l'a prévenue à la dernière minute, en lui remettant un plan qu'il avait dessiné lui-même pour l'aider à trouver son chemin. Véronique, qui habite Montrouge, dans la banlieue sud, ne connaissait pas Chantilly.

Elle n'a rien dit de ce changement de lieu à son mari qui lorsqu'il veut lui parler l'appelle sur son portable ; c'est le cadeau de la téléphonie mobile : une petite part de liberté : on vous joint où que vous soyez mais on ne sait pas où vous êtes. Comme elle devait compter quarante-cinq minutes de trajet en plus, elle est partie de bonne heure après un repas rapide, en arguant d'un gros retard sur un dossier important. Thomas n'a pas fait d'objection : il n'a rien contre les heures supplémentaires – d'ailleurs très bien payées chez Urba-Immo. Et c'est un homme qui a la religion du travail ; pour lui, le travail ne se discute pas, c'est un impératif moral, tout le reste doit lui être subordonné.

Deux heures durant, Véronique se plonge avec son patron dans un dossier de financement dont elle ne saisit pas l'urgence, puisque aucun rendez-vous avec un banquier n'est prévu pour la semaine suivante. Ce n'est qu'un dossier de financement ordinaire, comme il s'en constitue chaque fois qu'Urba-Immo se prépare à construire un immeuble, et qui sera proposé à quatre ou cinq banques afin qu'elles avancent l'argent nécessaire au commencement des travaux et en garantissent l'achèvement ; on choisira l'établissement qui offre les meilleures conditions en termes de délais de remboursement et de taux d'intérêt. Afin de rassurer les banquiers sur la bonne santé de l'entreprise, le dossier qu'ils préparent doit comporter les trois derniers bilans d'Urba-Immo ainsi qu'un plan prévisionnel à cinq ans.

Pour ce qui est des bilans des années précédentes, il s'agit (sans modifier les résultats déclarés au fisc qui sont publiés et consultables) d'arranger un peu les choses, de gonfler, dans une proportion raisonnable, les marges réalisées dans le passé sur des opérations similaires, préfigurant en quelque sorte le succès du nouveau programme. Prévault se charge de ce travail tandis que Véronique, tâche minutieuse qui requiert une grande attention, compare la nouvelle version améliorée et les bilans de la même année qui ont pu être déjà présentés auxdites banques dans le cadre d'un programme antérieur. Il ne faudrait pas qu'un banquier trop zélé s'avise de les éplucher et y décèle une différence flagrante. Heureusement, Prévault est l'homme de la situation : banquier lui-même dans une autre vie (mais banquier, cesse-t-on jamais de l'être ?), il est bien placé pour savoir ce qui se passe dans la tête d'un confrère. C'est d'ailleurs pourquoi la direction de FARGUES-BTP l'avait accueilli à bras ouverts : que pouvait-on rêver de mieux qu'un directeur financier qui réfléchit comme les banquiers et anticipe leurs réactions ? Sans parler de l'esprit de corps, la camaraderie qui sous-tend les rapports entre gens nourris dans le sérail, même quand ils sont adversaires, et arrondit les angles.

La rédaction du volet « Prévisions » est un exercice autrement gratifiant, véritable oeuvre de création, par essence optimiste, où l'imagination peut se donner libre cours. La partie bilans passés terminée, Prévault s'attaque aux bilans futurs avec ardeur, brossant par petites touches, pour Véronique qui tape sous sa dictée, un tableau idéal des comptes d'Urba-Immo pour les cinq prochaines années. Une confiance dans l'avenir fondée sur les importantes liquidités qui ne manqueront pas d'être dégagées de la vente de l'immeuble de la Grande-Armée et feront bondir les résultats de l'année prochaine, puis, habilement placées par ses soins en produits financiers hautement rentables, augmenteront encore sensiblement les résultats des années suivantes.

A quatre heures sonnantes, après un coup d'œil satisfait sur son plan prévisionnel, désormais matérialisé, consigné noir sur blanc, chiffré (des chiffres certes hypothétiques mais qui lui confèrent une sorte de réalité), Guy Prévault, se projetant déjà un an plus tard à l'heure de son triomphe et tout ragaillardi à cette perspective, referme son dossier :

– Bien, suffit pour aujourd'hui. Est-ce qu'une tasse de thé vous ferait plaisir ? – Et comme son assistante répond par l'affirmative : Allons le prendre dans la cuisine, nous y serons mieux.

Les fesses au bord de la chaise où on vient de l'inviter à s'asseoir, Véronique en est encore à se demander ce qu'elle fait là, s'attendant à chaque instant à voir paraître la maîtresse de maison. Elle n'a jamais rencontré Ariane Prévault, mais elle connaît sa voix pour lui avoir répondu quelquefois au téléphone. Même au cœur de l'après-midi, c'était une voix mal assurée, un débit heurté de femme soûle, associé à un ton hautain qui, loin d'impressionner, produisait un effet comique. Elle se hâtait de passer la communication à Prévault, gênée, comme si elle avait surpris malgré elle un secret honteux.

Celui-ci a dû sentir son embarras car tout en mettant l'eau du thé à bouillir, le dos tourné, il la rassure :

– Je suis seul pendant quelques jours. Ma femme est

partie en voyage. Et ma fille passe les vacances scolaires en Haute-Savoie avec ses grands-parents.

– Mes enfants aussi sont partis. On les a envoyés deux semaines dans une pension internationale en Angleterre. Pour les familiariser avec la langue et leur faire rencontrer des enfants des autres pays, leur ouvrir l'esprit : ils prennent des gosses venus de toute l'Europe.

– Ah oui, c'est très bien, ces établissements. J'y penserai pour Juliette, dit Prévault en posant les tasses et la théière sur la table. Ils ont quel âge, vos fils, déjà ?

– Pierre vient d'avoir sept ans et Hugo a neuf ans et demi, bientôt dix.

A travers la fenêtre et la porte vitrée de la cuisine, Véronique observe le jardinet qui s'ouvre à l'arrière de la maison, encaissé entre ceux des maisons voisines dont le séparent des murs parcourus par une géographie de branches de vigne vierge dénudées.

– Vous admirez mon jardin... Il est encore un peu râpé pour le moment mais il reverdira d'un seul coup dans deux ou trois semaines ; l'été, c'est très agréable.

L'attention de Véronique se reporte à l'intérieur, son regard glisse sur le sol dallé – des dalles anciennes décorées d'un motif bleu de Delft –, sur la magnifique cuisinière, sur le réfrigérateur à deux portes, grand comme une armoire normande, certainement équipé des derniers perfectionnements, sur le haut vaisselier qui laisse voir par la vitre de sa partie supérieure un alignement de pots d'étain et de faïences, sur la machine à café brillant de tous ses chromes... Par un réflexe de petite bourgeoise, elle a l'habitude d'estimer mentalement le prix des objets ou des meubles qu'elle a l'occasion d'admirer et qu'elle rêverait d'avoir chez elle. Mais là, les choses lui échappent, elle n'a aucune idée de ce que peuvent valoir ceux qu'elle a sous les yeux, ils sont au-delà de ses critères. Jusqu'à la longue table de chêne massif où elle est assise qui a dû coûter une fortune...

Et pourtant cette opulence n'a rien d'ostentatoire ni d'agressif ; au contraire, elle s'inscrit normalement dans la cuisine spacieuse qui l'enveloppe de sa solidité, de son ancienneté, en atténuant son côté clinquant – à la façon, par exemple, de la grande hotte d'aspect rustique qui abrite la cuisinière et en calme l'éclat comme un abat-jour. Reste l'impression qu'on se trouve chez des gens pour lesquels la question de l'argent ne se pose pas, qui, lorsqu'ils ont besoin de quelque chose, se rendent dans des magasins faits pour eux, choisissent ce qu'il y a de mieux, de plus beau, pour ne s'enquérir du prix qu'à la fin, simple formalité sans rapport avec leur décision. Des gens qui ne discutent pas pendant une semaine l'achat d'un lave-vaisselle comme Véronique le fait avec son mari ; et pour finir, après avoir longuement feuilleté les catalogues trouvés dans leur boîte à lettres ou collectés au centre commercial, comparé les marques, les modèles, pesé leurs avantages et leurs inconvénients, colonne de gauche, colonne de droite – pour finir, c'est toujours le milieu de gamme qui l'emporte, toujours le prix moyen, l'objet moyen que Thomas choisit en affirmant qu'il a fait la meilleure affaire, qu'on ne pouvait pas trouver mieux. Et alors il est satisfait, Thomas, content de son achat, de sa trouvaille, mais surtout profondément rassuré d'avoir encore une fois réussi à se maintenir dans la moyenne, ni trop haut, ni trop bas, *à sa place*, celle qu'il estime devoir tenir dans le monde.

Guy Prévault apporte la confiture, un petit pot de beurre, des muffins, et remplit la théière d'eau bouillante.

– Vous avez faim ?

– Un peu, répond Véronique mise en appétit par

l'odeur des toasts tout juste éjectés du grille-pain.

Et puis manger lui donnera une contenance, aussi longtemps qu'elle mangera elle n'aura pas besoin de parler. Elle est affreusement embarrassée tout d'un coup devant cet homme en pull de laine torsadée, décontracté, affable, les cheveux pas vraiment ébouriffés mais moins disciplinés qu'à l'ordinaire, très différent en tout cas du directeur aux manières distantes, au parler sec, au comportement guindé (toujours l'air d'avoir avalé son parapluie, comme dit Jeanne Bernier, la réceptionniste de l'étage) qu'elle côtoie chaque jour au bureau, et qui paraît soudain beaucoup plus jeune. Et elle est toute étonnée de se trouver dans sa cuisine, à sa table, de prendre le thé en face de lui comme le feraient des familiers, des amis proches, un couple libre de son temps un samedi après-midi.

— Alors, chère Madame, commence-t-il sur un ton plaisant en se beurrant un toast, depuis le temps que nous travaillons ensemble, nous nous connaissons à peine, au fond. Parlez-moi un peu de vous...

Le genre de question que Véronique redoute par-dessus tout et qui a pour effet immédiat de lui vider le cerveau.

— Oh, il n'y a pas grand-chose à dire. Je suis comme tout le monde. J'ai une vie ordinaire.

— Mais vous en êtes, euh... satisfaite ?

Véronique feint de ne pas comprendre.

— Satisfaite de mon travail ?

— Je veux dire d'une façon générale. Est-ce que l'existence que vous menez vous convient ?

De nouveau, elle élude :

— Parce que si vous parlez de mon travail, oui, j'en suis très contente, de ce côté-là tout va bien. Mon travail donne un sens à ma vie.

C'est exactement ça, se dit-elle, aussitôt sa dernière phrase prononcée, étonnée d'avoir si bien formulé ce qu'elle ressent. Alors que toute la semaine ses collègues ne pensent qu'au vendredi soir, à leurs deux jours de liberté, aux courses qu'elles feront, à leurs sorties en famille ou entre amis, pour elle, c'est juste l'inverse : tout au long du week-end elle ne fait qu'attendre le moment de retourner au bureau, le seul endroit où elle se sent libre, où elle peut vraiment être elle-même. Ce sont surtout les dimanches qu'elle a du mal à supporter, ces déjeuners et ces après-midi interminables sous le regard de sa belle-mère (Monique Martin est veuve et son fils pense qu'il serait cruel de la laisser passer seule le dimanche), cet œil bleu sans aménité qui tombe sur elle par instants et s'y arrête une longue seconde, plein de perplexité et de méfiance. A la rigueur, Madame Martin pourrait admettre que sa belle-fille travaille afin d'aider financièrement son mari, à condition toutefois qu'il s'agisse d'un emploi modeste, de préférence ennuyeux. Ce qui l'inquiète, c'est qu'en quelques années l'épouse de son fils se soit fait ce qu'on appelle « une belle situation », qu'elle ait un travail intéressant et absorbant, susceptible de la distraire de ses devoirs envers sa famille qui selon elle devrait être son unique souci. Et sans doute, sans se l'avouer, femme au foyer depuis toujours enchaînée aux tâches ménagères, en est-elle un peu jalouse.

— L'installation dans les nouveaux locaux ne vous pose pas de problème ? continue Prévault.

— Pas du tout. J'ai ma voiture. Le trajet sera un peu plus long, mais je n'aurai pas à chercher une place où me garer. Finalement, ça va plutôt me faire gagner du temps.

— Avec deux jeunes garçons, les choses ne sont pas trop difficiles pour vous ? Vous arrivez à gérer tout ça, votre profession, votre vie de famille ?

– C'est un peu la course, reconnaît Véronique. Surtout le matin, et encore plus le samedi quand il faut tout préparer pour la semaine... Mais le soir, ça ne s'arrange pas trop mal : ma belle-mère va chercher les enfants à l'école et s'en occupe jusqu'à mon retour. – Elle précise, le visage empreint d'une résignation triste : La mère de mon mari habite le pavillon voisin du nôtre.

C'est bien ce que je pensais, songe Prévault, la devinant prise en étau entre son mari et sa belle-mère, cette jeune femme n'est pas heureuse. Certains matins, il la voit arriver avec une mine défaite, l'air de traîner le poids d'une dispute, ou d'un malentendu, d'une rancune profonde. Puis, à mesure que la matinée avance, qu'elle oublie ses problèmes personnels pour se consacrer aux affaires du bureau, petit à petit, elle se détend, sa voix s'éclaircit, ses gestes se font plus vifs, elle retrouve le sourire... Ça crève les yeux que son assistante se sent bien avec lui, que leurs natures s'accordent... Plusieurs fois, tandis qu'il l'observait pendant qu'elle prenait sagement sous sa dictée, ou quand elle venait de quitter la pièce après avoir refermé la porte à sa façon silencieuse, il s'est dit que c'est une femme comme elle qu'il lui aurait fallu, une femme simple, courageuse et solide, qui fait ce qui doit être fait, jour après jour, sans se poser de questions, une compagne sur laquelle un homme peut compter... Au lieu de la créature égoïste et irresponsable, ce fardeau qu'il porte à bout de bras depuis tant d'années !... Véronique est jolie, mince, assez bien habillée ; avec sa silhouette élancée et sa réserve naturelle, elle ne manque pas de distinction. Elle n'est pas très sexy, d'accord, mais qu'a besoin un homme d'une épouse sexy...

– Vous paraissez mélancolique par moments, risquet-il en versant le thé.

– Mmm... ça sent bon, répond-elle en humant le parfum puissant qui monte de sa tasse.

– C'est du thé russe, un thé fumé de chez Hédiard. ... Allons, Véronique, pour une fois, insiste Prévault la sentant réticente, nous pouvons parler comme des amis... Nous nous entendons bien tous les deux, n'est-ce pas ?

Véronique commence à boire son thé brûlant à petites gorgées. Le tour personnel que prend la conversation, qu'elle s'évertue sans succès à éviter depuis qu'ils sont dans la cuisine, la met mal à l'aise. Ce n'est pas qu'elle ait été ennuyée par ses patrons jusqu'ici. Sur le plan de la moralité, Urba-Immo est une entreprise irréprochable, on peut même dire pointilleuse. Un état d'esprit inspiré par le PDG du groupe, un bon vivant, sympathique et décontracté pour ce qu'elle a pu en juger au cours des assemblées générales ou des fêtes de fin d'année où il venait faire un discours, mais qui tient à donner de son entreprise une image inattaquable et fait régner jusque dans ses filiales un ton de respectabilité provinciale très français. Mis à part les plaisanteries graveleuses des jeunes commerciaux, qu'elle avait vite fait de remettre à leur place, dans le service où elle travaillait avant d'être appelée auprès du nouveau directeur financier, en six ans elle n'avait jamais eu à se plaindre de gestes ou de paroles déplacés de la part de ses supérieurs. Mais enfin il ne lui était encore jamais arrivé de se trouver chez un directeur un samedi après-midi, seule avec lui dans une grande maison vide, à se demander pourquoi elle est là et où il veut en venir.

– Oui, Monsieur, finit-elle par prononcer d'une voix à peine audible en reposant sa tasse, c'est vrai que pour le travail nous entendons bien. – Elle se hâte d'ajouter en regardant autour d'elle : Vous avez une jolie maison.

– Elle m'appartient, c'est un héritage familial. Je pourrais m'installer à Paris, c'est d'ailleurs un sujet de désaccord avec mon épouse – un de nos nombreux sujets de désaccord –, mon épouse s'ennuie en banlieue et voudrait s'en aller. Mais je crois qu'elle s'ennuierait n'importe où. La vérité, c'est que rien ne l'intéresse, elle ne sait pas quoi faire d'elle-même...

Le voilà qui commence à se plaindre de sa femme, note Véronique, sur ses gardes.

– ... En tout cas, moi il n'est pas question que je m'en aille, je tiens à rester ici. J'ai eu un coup de foudre pour cette vieille baraque, avec sa vue sur l'hippodrome... Je monte un peu à cheval, enfin je montais parce que je n'en ai plus le loisir, je passe tout mon temps libre avec ma fille, mais j'aime les chevaux, et d'ici, on peut suivre les courses, on peut même voir distinctement le public dans la tribune : j'ai installé une longue-vue au premier...

Le cœur de Véronique se met à battre ; une seconde, elle craint que son patron ne l'entraîne à l'étage sous prétexte de lui faire admirer le champ de courses dans sa longue-vue puis ne l'attire dans sa chambre. Quel culot, pense-t-elle, une femme mariée, avec deux enfants ! Il ne lui reste plus qu'à trouver un moyen de se tirer de ce mauvais pas en vitesse, le décourager, mais surtout sans le vexer (Véronique tient à conserver son poste).

– ... malheureusement l'hippodrome est fermé aujourd'hui, poursuit simplement Prévault. Dommage.

Il lui propose encore un peu de thé, fait glisser l'assiette de muffins à sa portée, rapproche le petit pot de beurre, puis reprend :

– Les choses ne se passent pas toujours comme on l'avait prévu. On fait des erreurs, des erreurs lourdes de conséquences. Moi-même, je ne m'entends plus avec ma femme et j'ai pris la décision de divorcer. Il y a un problème entre nous, un problème sérieux. Je suppose que vous l'aurez compris, vous vous en êtes probablement rendu compte, Ariane est alcoolique. Actuellement – à vous je peux le dire, je connais votre discrétion –, elle est en Suisse pour y suivre une énième cure de désintoxication... Mais c'est trop tard, j'ai perdu confiance, je ne crois plus en nos chances de reconstruire quelque chose ensemble. Et je sais que ma femme ne m'aime pas. Il faut reconnaître que ce mariage était une erreur grossière, et j'en suis en partie responsable, en réalité nous n'avions pas grand-chose en commun...

A présent les vannes sont ouvertes, Prévault a commencé à parler de lui et ne paraît pas près de s'arrêter. Tranquillisée, Véronique se réfugie dans le rôle moins exposé de celle qui écoute.

– ... Moi, voyez-vous, ce que j'aurais voulu, ce que j'espérais, c'était construire une famille, une vraie famille, avec une ribambelle d'enfants qui auraient rempli la maison. Mais Ariane n'aime pas les enfants. C'est terrible à dire, mais je ne suis même pas sûr qu'elle aime sa fille, elle ne s'en occupe pratiquement pas ; en mon absence, c'est notre employée de maison qui prend soin d'elle... Sa mère ne surveille même pas ses devoirs... – Il répète, atterré, comme si ce manquement d'Ariane envers sa fille résumait et outrepassait tous les autres : Rendez-vous compte, Juliette n'a que neuf ans et sa mère refuse de l'aider à faire ses devoirs ! Elle ne prend même pas la peine de répondre quand sa fille lui pose une question, toujours excédée, toujours ailleurs...

Un long moment, il se laisse aller à énumérer ses griefs, les yeux baissés, comme se parlant à lui-même, un abandon où Véronique, réduite au rôle de spectatrice, décèle un mélange de sincérité et de calcul. Puis il relève la tête et plonge ses yeux dans les siens :

– Pour moi aussi, conclut-il, le meilleur de ma vie se passe au bureau. Votre présence m'est d'un grand réconfort. J'apprécie votre gentillesse, votre égalité d'humeur. Je suis sensible à votre façon de prévenir mes souhaits quand nous travaillons ensemble, de me comprendre à demi-mot,... C'est vrai, n'est-ce pas, Véronique, que nous nous comprenons ?

Et après une brève hésitation, comme un scrupule, un délicat mouvement de retenue, finalement il s'enhardit à poser sa main sur la sienne.

5

A cinquante ans passés, quand il regarde en arrière, qu'il mesure le chemin parcouru depuis que petit garçon il avait formé ses premiers rêves, Lucien Spadoni a toutes les raisons d'être satisfait. Ses rêves d'enfant ont été réalisés et au-delà.

Fils cadet d'un couple d'hôteliers installé dans un petit village côtier distant d'Ajaccio de soixante kilomètres et qui, dès le début du printemps, avait la chance de voir débarquer les touristes assez aventureux pour quitter leurs lieux de rassemblement ordinaires et se lancer, le plus souvent en voiture, mais parfois à pied ou en vélo, à la découverte de l'île, il était l'exact contraire de ses parents, de braves gens à la profession et aux habitudes sédentaires. A huit ans, sitôt sorti de l'école, il courait chez lui poser son cartable, attrapait le goûter que sa grande sœur lui avait préparé et filait aussi loin qu'il pouvait de la maison familiale, c'est-à-dire tout au bout de la jetée du petit port du village. Une fois là, assis jambes pendantes au-dessus de l'eau, les yeux fixés sur l'horizon, sur l'étendue sombre et lointaine qui miroitait sous un ciel de feu au soleil déclinant, il mordait avec appétit dans ses tartines en se disant qu'un jour, lui aussi, comme Ulysse, comme Napoléon, il franchirait la mer. Son goûter avalé, il ne tardait pas à s'ennuyer et s'en allait rejoindre ses copains au terrain de foot.

En général, quand ils se retrouvaient après la classe, les garçons n'étaient pas assez nombreux pour former deux équipes et ne faisaient que s'exercer aux dribbles et aux feintes, s'épater entre eux en se prenant pour Pelé, la star – le dieu ! – du foot de l'époque. L'entraînement sérieux avait lieu le mercredi après-midi aux réunions du club sportif : ils étaient alors au complet et leur moniteur pouvait les faire s'affronter dans de vrais matchs. Déjà grand pour son âge, Lucien Spadoni était rapide, doué d'excellents réflexes et jouait le plus souvent comme attaquant. Il se souvient avec nostalgie de ces temps heureux où il patientait avec les distractions de son âge en attendant de découvrir le monde.

A la fin de sa CM2, pourtant, il avait eu une très mauvaise surprise. Ses parents, confiants dans les capacités de leur fils et qui voulaient le meilleur pour lui, l'avaient inscrit dans un internat réputé d'Ajaccio, un établissement où tout ce qui comptait en Corse du Sud, notables et hommes d'affaires, inscrivait sa progéniture, afin qu'il y fasse de bonnes études secondaires tout en nouant des relations utiles pour l'avenir. Un internat ! Autant dire, pour le gosse remuant et curieux qu'il était, toujours en vadrouille, toujours à courir par monts et par vaux, une prison.

A son entrée en sixième, à cause d'une punition ressentie comme injuste, il s'en était évadé une première fois. Puis, au mois de janvier suivant, il avait récidivé à la suite d'une espèce de bizutage (lacération de son oreiller, épithètes désobligeantes inscrites au marker au-dessus de son lit, et en langue corse encore, comme pour mieux l'humilier : *terraghiolu, pidocchiosu, merlodiju* (cul terreux, pouilleux, trou du cul), infligé par une poignée de morveux snobinards de son dortoir qui ne le trouvaient pas assez chic pour eux. Il en avait été profondément blessé. Heureusement, ce n'était pas un enfant fugueur ; très attaché à sa famille, les deux fois, il était tout simplement rentré chez lui en auto-stop. D'abord réprimandé, puis consolé par ses parents, il avait été ramené à la pension par sa sœur Luisa, son aînée de sept ans, qui s'était toujours montrée une seconde maman pour son petit frère, surtout pendant la saison d'été quand leur mère était trop absorbée par les tâches de l'hôtel pour s'occuper d'eux.

Finalement, bien obligé, il s'était habitué à la vie de pension et les années suivantes ne s'étaient pas trop mal passées. Élève moyen (pire que moyen, médiocre, disait sa grande sœur qui jugeait son frère très intelligent et espérait mieux de lui), il avait réussi à se faire accepter par ses condisciples et jouissait même d'une certaine considération dans l'établissement en raison de ses bons résultats sportifs. Le foot, naturellement, et aussi la natation et les sports de combat, en particulier la boxe où il excellait ; comme ses parents l'escomptaient, il s'était fait beaucoup d'amis. Hélas, son bac obtenu de justesse, au lieu de commencer des études de droit selon le vœu de ses géniteurs, il avait signé sans les prévenir un engagement de six ans comme sous-officier dans l'infanterie de marine. Il avait promis qu'il reprendrait ses études au retour, mais il devait d'abord voyager, voir du pays. Mis devant le fait accompli, ses parents s'étaient fait une raison.

Pour ce qui est de voir du pays, Lucien Spadoni avait été servi. Après une période de formation à Fréjus, on l'avait envoyé au Tchad où un détachement de l'armée française s'employait à maintenir l'ordre, un ordre précaire en raison de la notion toute personnelle qu'avait la Libye de ses frontières avec son voisin, émaillé de combats sporadiques contre un ennemi multiforme, armée libyenne mais aussi, au gré d'alliances auxquelles le jeune soldat ignorant qu'il était ne comprenait pas grand-chose, groupes rebelles des pays voisins qu'il avait parfois bien du mal à identifier. Le premier moment de curiosité passé, coincé dans ce pays enclavé au milieu de l'Afrique, il s'était vite senti étouffer : pour la première fois de sa vie, il vivait loin des côtes, séparé de la mer par des milliers de kilomètres d'étendues sableuses et de pierrailles.

Trois ans avaient passé, au terme desquels, indemne (Lucien faisait partie de ces veinards qui se sortent des pires guêpiers sans une égratignure), après un bref retour en métropole, il avait été expédié à La Guadeloupe avec le grade de sergent.

Après le Tchad, une sinécure. Basé à Pointe-à-Pitre, il appartenait à un détachement dont l'activité principale était d'instruire les jeunes soldats de l'île. Pour l'essentiel, on leur apprenait à manier les armes et à conduire les véhicules de l'armée. Après son expérience africaine, il va de soi qu'il était à la hauteur de sa mission.

En dehors de son travail d'instructeur, dans ses moments de liberté, il s'entraînait à ses sports favoris, visitait les îles environnantes et perfectionnait son anglais. Car il avait une idée : après son temps, avant de rentrer au pays, il s'était promis de visiter l'Amérique.

Aussitôt démobilisé (il s'était fait démobiliser sur place), il s'était arrangé pour gagner Porto-Rico en bateau et de là avait sauté dans le premier avion pour la Floride. Avec sa prime d'engagement, sagement placée dans une banque en prévision du périple à venir, plus les économies qu'il avait pu faire sur sa solde, il avait calculé qu'en se restreignant sur le superflu il aurait de quoi tenir une année. Il s'accorderait trois ou quatre semaines de repos à Miami, le temps de souffler, puis il achèterait une bonne grosse voiture d'occasion, genre Chevrolet, et taillerait la route (*Hit the road, Jack...*). Son intention était de remonter la Côte est jusqu'à New-York, puis de faire le tour des grands lacs. Ensuite, il traverserait le Canada depuis l'Ontario jusqu'à Vancouver et redescendrait par la Côte ouest jusqu'en Californie. S'il en avait encore les moyens, il avait prévu de terminer son voyage par l'Amérique Centrale et de prendre son avion de retour pour la France au Vénézuela ; ainsi pourrait-il se dire qu'il avait mis un pied en Amérique latine. Pendant son séjour à l'armée, il avait eu tout le temps de peaufiner son itinéraire, occupant ses soirées à étudier des cartes routières et à choisir ses étapes à l'aide de dépliants touristiques. Mais finalement les choses s'étaient passées tout autrement. Loin de ne représenter qu'un entracte, une simple pause avant d'entamer son périple, les quelques jours de vacances qu'il s'était accordés en Floride avaient décidé de toute sa vie.

Après les frustrations de l'armée, Miami lui était apparu comme un paradis. Du matin au soir, sous ses yeux éblouis, des bataillons de filles superbes, blondes et brunes, arpentaient les trottoirs et les plages sur leurs longues jambes bronzées. C'était à ne savoir où donner de la tête. Pendant ses années de vie militaire, Lucien s'était bien développé : à vingt-quatre ans, il mesurait un mètre quatre-vingt-dix pour quatre-vingt-cinq kilos, rien que du muscle, et pouvait rivaliser avec les jeunes Américains les plus athlétiques. Et il avait sur eux un grand avantage : il était français. Sans l'identifier (elles ignoraient que la Corse existait), les filles adoraient son accent aux intonations modulées, son élocution nonchalante. Dans la boîte branchée de *South Beach* qu'il fréquentait, il avait un certain succès.

Comme il y allait presque chaque soir, il avait fini par s'y faire des copains ; en particulier, il s'entendait bien avec Ray, le directeur de l'établissement, un type autour de la quarantaine qui appréciait sa carrure et sa maturité. Un jour qu'il l'avait aidé à sortir une bande de *bikers* défoncés qui mettaient le bordel dans sa boîte, Ray lui avait proposé de venir l'aider à maintenir le calme les week-ends. Ce boulot bien payé, qui ne lui prenait que trois nuits par semaine, lui convenait et il avait prolongé son séjour. Sa stature en imposait et toute compte fait il avait peu l'occasion d'intervenir. Le portier effectuant un tri sévère à l'entrée, dans l'ensemble, les gens qui étaient admis à l'intérieur savaient se tenir. Quand par hasard une dispute éclatait, que ça commençait à chauffer dans un coin et que le ton montait, il lui suffisait de s'approcher, de prononcer à mi-voix quelques paroles dissuasives ; en général, ça n'allait pas plus loin.

A la longue, il faisait un peu partie de la maison. Des habitués célèbres le saluaient familièrement en entrant, *Hello guy, how are you... Bonnsouar Loucienne... Hi, Loucienne, ça boom ?...* – On dira ce qu'on voudra, mais s'entendre appeler par son prénom en se faisant amicalement taper sur l'épaule par Steve McQueen ou Al Pacino, c'était plutôt flatteur. Il arrivait même qu'une célébrité l'invite un moment à sa table, peut-être pour épater ses amis en parlant français devant eux, n'empêche qu'à Lucien ça lui faisait quelque chose d'être assis au milieu des stars, de boire une coupe de champagne en leur compagnie. Et il se disait que ses parents qui désiraient tant qu'il se fasse des relations auraient été contents de le voir là.

Un soir – il vivait à Miami depuis plusieurs mois et commençait à penser à prendre le large –, un acteur traqué sur deux fronts par des paparazzis et par une ex-épouse lui avait demandé de l'escorter jusqu'à Los Angeles. Arrivé chez lui, son nouvel employeur l'avait encore gardé quelques jours. Le travail de Lucien consistait à filtrer les visiteurs de sa résidence et à l'accompagner dans les soirées hollywoodiennes en lui servant à la fois de garde du corps et de chauffeur. Sa mission finie, comme la Californie lui plaisait, il était resté là.

Baraqué comme il l'était, avec son bilinguisme et son background sportif et militaire, plus un petit coup de piston de l'acteur qui l'avait extrait de son club de Miami, il n'avait pas eu de mal à se faire engager dans la meilleure agence de *bodyguards* de la Côte ouest. Il avait dû suivre une formation de quelques semaines : entraînement à différents sports de combat et au maniement des armes de poing, procédures d'évacuation dans les situations périlleuses, vérification du courrier et des véhicules, à quoi s'ajoutaient des techniques spécifiques, des trucs de métier bons à savoir pour se débarrasser rapidement des importuns – toutes choses qui lui étaient déjà plus ou moins familières. Mais il y avait aussi des matières entièrement nouvelles pour lui ; par exemple, un cours de « *Psychologie des actes de violence »,* le genre de truc qu'on n'apprend pas à l'armée. Il avait eu un entretien avec un psychologue qui avait découvert en quelques minutes qu'il était d'un caractère susceptible et coléreux, deux traits que lui-même se connaissait très bien car ils lui avaient déjà valu quelques ennuis pendant sa période militaire ; on l'avait instamment engagé à les corriger. Dans ce cours de psychologie, les apprentis *bodyguards* apprenaient aussi la compréhension et le respect de la personnalité de leurs clients, autrement dit à se montrer patient. Les VIP, leur enseignait-on, les gens très riches ne sont pas comme les autres, leur logique et leurs attentes ne sont pas celles du commun des mortels, ils voient le monde différemment.

Au cours de la douzaine d'années qui avait suivi, il avait eu le loisir de les voir de près, les « riches et célèbres », et il estimait qu'à part leur argent, au fait que leur fortune les faisait se sentir d'une espèce supérieure et qu'ils se croyaient tout permis, une fois hors de vue du public, loin des réceptions officielles et des tapis rouges – mis à part quelques personnalités d'exception – leur vernis avait vite fait de craquer et que la majorité d'entre eux se comportaient la plupart du temps d'une manière très ordinaire, et même, à son avis, tout à fait vulgaire.

Pendant ces douze ans, Lucien avait énormément voyagé, accompagné des stars et des politiques sur les cinq continents. Puisque le français était sa langue maternelle, ses missions le conduisaient souvent dans des pays francophones. On l'envoyait régulièrement en France, la plupart du temps à Paris, pour y escorter d'importantes personnages et il avait fini par connaître beaucoup de gens intéressants et utiles dans la capitale.

A trente-huit ans, juste avant le couperet de la quarantaine, âge où, qu'on le veuille on non, la forme décline, où l'on est moins sûr d'avoir le dessus dans les affrontements physiques et où il devient moins facile de se déplacer sans cesse, il avait décidé de mettre à exécution un projet qu'il avait depuis longtemps en tête et créé sa propre agence. Il n'avait pas rompu le contact avec celle de Los Angeles : de chaque côté de l'Atlantique, elles n'étaient pas en concurrence, mais plutôt en position de se rendre mutuellement des services.

Il avait loué quatre-vingt mètres carrés de bureaux agréables en haut de l'avenue de Wagram, près de l'Arc de Triomphe, et avait choisi pour sa société un nom à la fois facile à mémoriser et prestigieux : Etoile-Security. Puis il avait entrepris la tournée des concierges des grands hôtels (dont la plupart le connaissait déjà) et s'était présenté aux responsables des services concernés dans différents organismes internationaux et ministères, ainsi qu'à de grandes entreprises dont plusieurs avaient leur siège aux Champs-Elysées. Grâce à ses références, à son entregent et aux nombreuses et influentes relations qu'il avait su se faire pendant sa précédente activité, Lucien Spadoni n'avait pas tardé à se constituer une clientèle intéressante.

Les prestations d'Etoile-Security ne se limitaient pas à la fourniture de gardes du corps ; l'agence proposait également un service de gardiennage d'immeubles et d'installation de systèmes de sécurité. En outre, avec le temps, d'abord réticent sur le principe, mais comme certains de ses plus gros clients insistaient, il avait fini par faire taire ses scrupules et offrait quelques prestations occultes et lucratives qui ne faisaient pas partie de son projet initial et ne figuraient pas sur sa brochure publicitaire : renseignements sur les personnes ; intimidation des gêneurs ou des mauvais payeurs au moyen de méthodes musclées ; équipement discret d'appartements privés ou de locaux professionnels en matériels d'écoute et de prise de vue indétectables ; voire, dans les cas extrêmes, installation de logiciels espions dans les ordinateurs ou de mouchards ultrasophistiqués dans les téléphones portables, le nec plus ultra de la technologie.

Ça fait plus de quatorze ans que Lucien Spadoni est sur la place et il n'est pas exagéré de dire que dans le quartier de l'Etoile il est devenu quelqu'un, réputation dont il conçoit un légitime orgueil. L'un de ses clients les plus anciens est le groupe FARGUES-BTP, dont il assure, presque depuis la création de sa propre entreprise, le gardiennage et la sécurité de la filiale immobilière, Urba-Immo, laquelle lui sous-traite également la surveillance et la sécurité de ses chantiers de construction. Ce sont des clients fidèles auxquels il tient tout particulièrement en raison de la crédibilité et du prestige que lui apporte la confiance d'un groupe de bâtiment-travaux publics aussi important.

Le dernier lundi de mars, au lendemain d'un paisible week-end en famille (un autre sujet de fierté de Lucien Spadoni est sa réussite familiale, un équilibre conjugal exemplaire dû à une épouse aimante et douce qu'il a eu l'esprit d'aller se chercher en Corse, une *zitella* exclusivement préoccupée de son foyer et de ses quatre enfants), d'assez bonne humeur, donc, et décachetant son courrier comme à l'ordinaire, il tombe sur une lettre qui lui arrache un grondement sauvage, un rugissement d'animal blessé qui traverse la cloison et fait sursauter sa secrétaire ; croyant à une chute ou à un malaise, elle se précipite chez son patron.

Apparemment sur le point de s'étrangler, Spadoni déambule dans son bureau en brandissant une lettre qu'il agite comme pour se donner de l'air et en éructant des mots —«... *comme une cuisinière, comme une cuisinière...* » – dont le sens échappe à son assistante. Soudain, sans même s'être aperçu de sa présence, il enfonce la feuille dans sa poche et part comme une flèche en lançant le battant de la porte à la volée.

Au même instant, les pieds sur son bureau, vautré contre le dossier de son siège, les mains croisées derrière sa tête et un léger sourire sur les lèvres, supposant que Spadoni est en train d'ouvrir son courrier et qu'il a déjà lu sa lettre, ou qu'il est juste en train de la lire, ou qu'il va le faire d'une minute à l'autre, Dominique Gausset goûte une joie profonde et secrète, aussi profonde et secrète que l'avait été l'humiliation que le même Spadoni lui avait infligée deux ans plus tôt. C'était exactement le genre d'humiliation qu'on est obligé, au risque de faire rire, de garder pour soi et qui, faute de pouvoir s'exprimer, en attendant l'heure de la revanche, s'était muée en une rumination impuissante qui lui donnait des aigreurs d'estomac.

Deux ans plus tôt, bien avant le changement de direction, donc, et le bouleversement qui s'était ensuivi, alors que son chef, Gilles Lapierre, jouissait encore de tous ses pouvoirs, il l'avait envoyé chez Spadoni pour lui signaler une lacune dans le dispositif de sécurité du parking de l'immeuble et lui demander d'apporter les corrections nécessaires. Gausset, plutôt petit et de faible corpulence, n'aimait pas se trouver face à ce mastodonte d'un mètre quatre-vingt dix pour cent kilos (depuis qu'il était un homme installé, le patron d'Etoile-Security avait pris de l'embonpoint), qui le dominait d'une tête et jouait lourdement de sa supériorité physique, principalement quand un client venait lui reprocher quelque chose. Spadoni appréciant moyennement pour sa part de se faire reprendre par un sous-fifre, autant dire que l'entretien avait été tendu. En s'en allant, pris d'un besoin pressant, au lieu de tourner à gauche pour se diriger vers la sortie, Gausset avait pris à droite pour se rendre aux toilettes. Et au retour, repassant devant le bureau du patron dont la porte était restée entrouverte, sans savoir à qui celui-ci s'adressait ni ce qu'il lui disait au juste, il avait clairement entendu, prononcé d'une voix de stentor et ponctué d'un gros rire : « ... *ce petit con de Gausset !* ».

Et bien, l'heure de la vengeance a sonné. Chargé par le Directeur administratif d'avertir certaines entreprises qu'en raison du déménagement prochain d'Urba-Immo leur contrat ne serait pas renouvelé, Gausset a expédié à Lucien Spadoni, ce prestataire ancien, avec lequel la société avait tissé tout au long d'une collaboration de plus de dix années une relation d'estime et de confiance, une lettre de quatre lignes signée de sa main où il lui signifie très succinctement qu' « *on n'aura plus besoin de ses services* ». En se remémorant les termes de sa lettre − une lettre de congé comme on pourrait en adresser à un domestique incapable ou malhonnête − et en imaginant l'humiliation de son destinataire à sa lecture, Dominique Gausset sent couler dans son estomac un doux liquide − lait et miel − qui se répand comme un baume sur sa blessure d'amour-propre encore vive et le paie de ses deux ans de souffrance muette.

Furax, Spadoni sort en trombe de son immeuble, monte jusqu'à l'Etoile, traverse la place en manquant deux fois se faire renverser, et redescend les Champs-Elysées au pas de charge jusqu'au show-room BMW. Le concessionnaire, comme lui prestataire de longue date d'Urba-Immo, un partenaire professionnel devenu presque un ami, est la seule personne à qui il puisse se confier.

− Tiens, Lucien, qu'est-ce qui t'amène ? s'exclame Yvon Régnier en le voyant débouler dans son bureau sans s'être fait annoncer.

− Faut que je te parle.

– On déjeune, si tu veux. J'ai rien de prévu.

– Faut que je te parle tout de suite, insiste Spadoni, allant et venant dans le petit bureau vitré du show-room comme un fauve en colère dans sa cage.

– Assieds-toi, dit Régnier, détends-toi un peu. Attends une seconde, je nous fais apporter des cafés... – Alors, que se passe-t-il, qu'est-ce qui t'arrive, reprend-il en raccrochant le téléphone, je t'écoute.

Une demi-heure plus tard, un peu calmé, Spadoni remonte les Champs-Elysées à grands pas en réfléchissant à leur conversation. Avec deux de ses employés dans la place, chargés de surveiller le parking et les bureaux, il était évidemment informé du changement de direction et du transfert imminent de la société en banlieue. Il attendait seulement qu'on le lui annonce officiellement, ne doutant pas de conserver son client au moins pour la sécurité et la surveillance des chantiers, activité qui assurait à son entreprise des rentrées importantes et régulières. Ce qu'il ignorait, mais que Régnier vient de lui apprendre, c'est que Gilles Lapierre, le Directeur des Services généraux, son interlocuteur habituel, avait été mis sur la touche et que son assistant, Dominique Gausset (« Ce petit con de Gausset... ») prenait à présent directement ses ordres du nouveau Directeur administratif, lequel semblait bien décidé à se débarrasser des anciens prestataires pour les remplacer par des gens à lui. « Si ça peut te consoler, je fais aussi partie de la charrette, a conclu le concessionnaire avec philosophie. Prévault consulte mes concurrents. »

C'est donc en dernier ressort à celui-ci, comprend enfin le patron d'Etoile-Security, qu'il doit d'être congédié comme un domestique et le fait que son collègue Régnier soit à la même enseigne ne le console en rien. « Prévault, c'est quoi ça Prévault, articule-t-il pour lui-même en martelant le trottoir d'une foulée belliqueuse, sans remarquer les regards étonnés des passants qui s'écartent prudemment sur son passage, qu'est-ce que ça pèse ?... Un type qui vient même pas du groupe FARGUES, qui n'est même pas du bâtiment !... Un zig parachuté d'une banque ! Non mais sans blague, moi, Lucien Spadoni, me faire humilier par un banquier, par un scribouillard !... *U merlocchiu di banchieru*, un trou du cul de banquier qui s'imagine qu'il va venir faire la loi chez moi ! Non mais sans blague, sans blague..., répète-t-il à voix haute. » – Et il sent de nouveau bouillonner sa colère.

Au milieu du mois d'avril, dans une tiédeur exceptionnelle pour la saison qui donne un avant-goût des vacances, un relâchement se fait sentir à l'étage directorial d'Urba-Immo. Un cycle se referme ; à la rentrée prochaine, l'activité doit reprendre dans de nouveaux murs, avec une vision nouvelle, d'autres façons de faire ; c'est toute une époque de la vie de l'entreprise qui prend fin. Abandonnant leur travail au moindre prétexte, les assistantes en robes légères foulent nonchalamment la moquette bouton d'or, arrangent longuement leur coiffure ou leur maquillage devant la glace, s'attardent à bavarder chez l'une ou chez l'autre, une fesse sur un coin du bureau.

Jocelyne Couraud, l'assistante de Tardieu, le jeune DG-adjoint, n'est plus guère occupée : son patron a déjà présenté sa démission et la perspective du déménagement à La Plaine Saint-Denis n'y est pour rien ; tout compte fait, il ne se sentait pas doué pour les affaires, l'argent l'ennuie, la profession du bâtiment encore plus, et il a décidé d'abandonner le secteur privé. Grâce aux relations de son père, l'ancien ministre, il a trouvé un poste d'attaché parlementaire auprès d'un député des Yvelines. Il a déjà visité son bureau à l'Assemblée ; une pièce exiguë, certes, une cellule quasi monacale, mais c'est peut-être le début d'une carrière politique. Jocelyne ne s'inquiète pas pour elle-même : plusieurs assistantes du Service commercial qui ne possèdent pas de voiture ne reviendront pas en septembre et on lui a promis qu'elle retrouverait son ancien poste.

La petite Jeanne Bernier, la réceptionniste de l'étage, est moins optimiste : elle se doute bien que son boulot peinard à côté de l'ascenseur va sauter et espère seulement que Manuelle Germain, dont elle tape les textes d'une manière satisfaisante, la gardera près d'elle.

Evelyne Tullard, fille unique du pâtissier-traiteur renommé de Courbevoie et bras droit de la DRH, hésite encore. Son père n'a pas renoncé à la voir lui succéder et insiste pour qu'elle se prépare à reprendre son affaire. Puisqu'elle refuse de travailler au magasin, il lui a trouvé une place au département Marketing de la société *Dalloyau*. Elle y apprendrait le métier sur une grande échelle et aurait tous les atouts en main pour développer l'entreprise paternelle le moment venu… Une éventualité qui mérite réflexion.

L'air mystérieux et pénétré, sa patronne fait la navette entre son bureau et celui du Directeur administratif, toujours le même gros rouleau de papier sous le bras, en évitant de croiser le regard de quiconque. Chacun devine qu'il s'agit de l'organigramme de l'entreprise nouvelle mouture, en se demandant s'il en fait toujours partie. Une de ces feuilles au format grand aigle que la DRH a l'habitude d'afficher comme un plan de bataille sur son mur et qui, quand son regard s'y pose, donne à cette quadragénaire célibataire sans enfant, et qui ne voit ce qu'il lui reste de famille que de loin en loin, le sentiment d'avoir un peu de pouvoir sur les choses, de ne pas compter tout à fait pour du beurre. Depuis quelques jours, elle et Prévault sont occupés à refondre les équipes en les allégeant autant que faire se peut et, penchés sur le plan des bureaux futurs, qui s'étendront sur les trois derniers étages du nouvel immeuble, armés de pins de couleur, bleus pour les directeurs, rouges pour les cadres moyens, verts pour les autres, s'emploient à attribuer leur place aux rescapés du dégraissage. Répartition plus délicate qu'il n'y paraît et qui exige subtilité et diplomatie. Il s'agit en effet de faire cohabiter une centaine de personnes en évitant les incompatibilités, les affrontements toujours possibles dans une entreprise où la compétition et la pression sont sévères, surtout à l'étage commercial peuplé de jeunes gens impétueux. (A l'opposé, afin de déjouer le copinage, la formation de coalitions opportunistes potentiellement rebelles ou tire-au-flanc, on s'en tiendra à la méthode habituelle : secouer le shaker tous les six mois.)

Gausset, qui n'ignore pas ce qui se prépare, s'y voit déjà. Au dernier étage, bien entendu, l'étage directorial, et dans un des quatre bureaux d'angle. Directeur des Services généraux... quel beau métier ! songe-t-il. Une véritable planque où de toute sa vie il n'aura plus à courir après les clients, à produire du chiffre d'affaires comme on l'y obligeait au Commercial (dont il lui a fallu beaucoup de temps et d'habileté pour s'extirper et dans lequel il tremble, au fond, de devoir retourner) ; où, tout au contraire, ce seront les fournisseurs et les prestataires qui lui feront la cour, l'inviteront à déjeuner, se mettront en quatre pour lui être agréable et gagner sa clientèle ; où il sera pour toujours à l'abri du stress, de l'ulcère à l'estomac, des accidents cardio-vasculaires... Il n'y a rien de fait, il a posé quelques jalons sans recevoir de réponse ferme, mais il a bon espoir. Il y a quelques années, il a bien réussi à se faire engager dans le service de Lapierre alors qu'il n'y connaissait rien ; celui-ci évincé, avec son expérience d'aujourd'hui, il devrait être capable de convaincre le Directeur administratif qu'il peut lui succéder.

Indifférente à ce qui l'entoure, aux ambitions des uns et des autres, Véronique Martin s'acquitte machinalement du travail courant, l'esprit ailleurs. Depuis ce fameux samedi de février où son patron l'avait fait venir à son domicile, dans sa belle maison de Chantilly, afin de préparer un dossier prévisionnel dont l'urgence ne sautait pas aux yeux, beaucoup de choses ont changé. A présent, elle déjeune avec lui deux ou trois fois par semaine dans un restaurant discret, éloigné de l'Etoile. Ils ont même couché ensemble une fois, à l'occasion d'un voyage « professionnel » à Bruxelles, un séminaire de gestion-administration auquel Prévault les avait inscrits tout exprès pour lui permettre de s'absenter deux jours avec un alibi sérieux pour son mari. Il avait réservé deux chambres communicantes au Sheraton, un cinq étoiles fonctionnel proche de l'aéroport, fréquenté en majorité par des cadres en déplacement pour affaires, afin qu'on ne puisse pas les soupçonner de s'offrir un voyage d'agrément. La nuit s'était bien passée – une relation normale, un échange affectueux et rassurant. Le lendemain matin, devant un petit-déjeuner continental copieux et odorant, café, brioches et croissants chauds, il lui avait annoncé qu'il avait demandé le divorce et, en toute simplicité, comme si c'était la chose la plus naturelle du monde, il lui avait offert de l'épouser, elle, une femme mariée, mère de deux enfants, exactement comme il aurait pu le faire avec une jeune femme disponible. Sur le moment, elle avait cru qu'il plaisantait.

Véronique n'est plus amoureuse de son mari depuis longtemps, cependant l'idée de le quitter ne l'avait jamais effleurée. Pour se sauver, prendre un nouveau départ, il faut un minimum d'imagination, être capable de se projeter dans le futur, croire qu'il peut encore vous arriver quelque chose. Véronique était loin du compte. A peu près dénuée d'imagination, elle en était arrivée à trouver son ennui normal. C'est cela, la vie, se disait-elle avec résignation, n'imaginant pas que la sienne puisse être heureuse, ou simplement joyeuse, même par moments, la joie de vivre n'était pas pour elle.

Mariée très jeune, à l'âge où les modèles proposés par les magazines féminins lui semblaient encore correspondre à une certaine réalité, un jour qu'elle rêvait tout haut à ce que pourrait être leur existence à tous deux, elle avait innocemment prononcé devant Thomas les mots de « *style de vie* ». D'un ton cassant, ce ton de pion qu'il commençait à prendre quand il lui adressait une réprimande, il l'avait sèchement reprise : « *Il ne s'agit pas d'avoir un style de vie, mais un rythme de vie !* ». On ne saurait avertir quelqu'un plus clairement qu'il doit renoncer au bonheur.

Thomas n'aimait pas entendre sa femme rire ou chantonner quand elle s'activait dans la maison et qu'un soleil printanier matinal ou des jeux avec son premier bébé l'avait mise de bonne humeur. « *Et elle rit... Et elle chante...* », commentait-il en secouant ironiquement la tête, comme accablé par tant de légèreté, d'inconscience.
– Car que peut-on trouver à la vie qui puisse légitimement vous égayer, je vous le demande ? Mal

doué lui-même pour le bonheur, il ne voulait pas d'une épouse heureuse ; son rire, son chant lui blessaient les oreilles.

Et il avait parfaitement réussi : en quelques années, l'envie de rire avait abandonné Véronique ; elle était devenue une jeune femme silencieuse, presque éteinte (on la disait « réservée ») ; son mari l'avait enveloppée de tristesse comme d'un drap sombre qu'il aurait jeté sur elle, un voile invisible.

Cependant, au-delà du pessimisme que Thomas lui avait inoculé, la croyance que la vie ne pouvait rien lui apporter de bon, Véronique n'était pas exempte de lâcheté. Divorcer, partir... pour aller où, pour quoi faire ? Et qui voudrait se charger d'une femme avec deux enfants ? En petite bourgeoise soucieuse de respectabilité et très attachée à son statut de femme mariée, elle avait toujours considéré avec une pitié vaguement méprisante les femmes seules, les mères célibataires, celles que Sylvette Martin, dans son langage suranné, appelait encore « *Une fille-mère... Une divorcée...* ». Pour une fois de l'avis de sa belle-mère, Véronique n'aurait voulu pour rien au monde leur ressembler.

Mieux valait laisser courir, partir le matin, rentrer le soir, mettre des sous de côté pour les vacances à Cabourg, ne penser qu'à ses fils – même si les enfants ne comblent pas tous les manques –, mais par-dessus tout conserver sa situation sociale, sa respectabilité d'épouse, et se contenter de ces escapades d'une heure ou deux, une partie de lèche-vitrines sur une avenue élégante, un verre pris à la terrasse d'une brasserie, de ce temps pour elle qu'elle dérobait certains soirs après le travail en racontant qu'elle avait été retenue au bureau.

Et puis, d'une manière absolument inattendue, Guy Prévault était entré dans sa vie. Celui auprès duquel elle travaillait depuis quelques mois, son chef, un chef courtois mais sec, jamais familier, s'était tout d'un coup montré sous un autre jour. Elle avait découvert un homme plus ouvert, sensible, fragile, sans aller toutefois jusqu'à jouer au petit garçon comme le font certains hommes lorsqu'ils veulent séduire. S'il ne laissait rien transparaître de leur relation privée au bureau, ne se permettait aucune allusion, pas le plus petit mot, le moindre sourire complice, quand ils déjeunaient dans leur petit restaurant retiré, en tête à tête avec elle, il ne craignait pas de se laisser aller, lui dépeignait longuement ce qu'avait été sa vie pendant toutes ces années avec sa femme (celle que Véronique appelait maintenant en son for intérieur « *la pocharde* »), ses tentatives pour la faire soigner, ses déceptions répétées après les rechutes, le sentiment grandissant que ses efforts ne servaient à rien, et pour finir son renoncement.

Leur procédure de divorce est entamée, de cela au moins Véronique est sûre : elle a vu les papiers, les a feuilletés, avec l'impression que Guy les avait laissés traîner exprès pour qu'ils tombent sous ses yeux. Elle sait aussi qu'Ariane n'habite plus chez lui : elle est retournée vivre quelque temps à Nantes, chez son père, se réservant de revenir plus tard à Paris. Ce qui est sûr, c'est qu'elle ne remettra pas les pieds à Chantilly : leur séparation est définitive. D'abord méfiante, incrédule, Véronique s'est peu à peu laissé convaincre que l'intention de son patron de divorcer pour l'épouser était sérieuse.

Guy Prévault ne lui déplaît pas, elle le trouve plutôt bien physiquement et son désir sincère de vie de famille (il l'a exprimé devant elle à plusieurs reprises), fût-elle recomposée, répond à ses propres aspirations. De plus, c'est un homme qui a de bonnes manières. Un détail :

quand ils déjeunent ensemble, il ne s'assoit jamais le premier, il lui tire sa chaise et attend qu'elle-même soit assise. En quittant l'établissement, il l'aide à mettre son manteau, ouvre les portes devant elle, et on sent bien que c'est naturel chez lui, pas une posture pour se faire bien voir, on comprend que c'est sa façon habituelle de se comporter. Des automatismes, sans doute, mais qu'il est agréable pour une femme d'être entourée de sollicitude, traitée avec des égards ! Et il sait aussi se montrer affectueux ; leur repas fini, quand ils remontent à pied vers le bureau, il lui arrive de la tenir par les épaules ou par la main, du moins pendant une partie du trajet, aussi longtemps qu'ils ne risquent pas d'être aperçus par les autres. C'est nouveau pour elle, ces marques de tendresse, ces attentions, ça la change de la froideur de Thomas. Avec lui, jamais un enlacement, jamais un élan ; même au début de leur rencontre, il ne l'aidait pas à mettre son manteau, passait devant elle en oubliant une fois sur deux de lui tenir la porte, ne lui prenait jamais la main ; quand ils marchaient dans la rue, ils avançaient côte à côte, une distance d'un demi-mètre les séparait. Thomas ignorait ce qu'était un geste tendre. Il avait d'abord supporté les câlins de sa jeune femme comme on accepte les caresses d'une enfant, puis assez vite elle l'avait senti se raidir et c'était pire que s'il l'avait repoussée. Ce n'est pas qu'il soit indifférent (parfois elle aimerait mieux) ; au contraire, il est capable de lui parler pendant des heures. Inlassablement, il explique, corrige, démontre, n'hésitant pas, pour l'encourager à faire ce qu'il attend d'elle, à lui citer Albert Samain : « *La vie humble aux travaux ennuyeux et faciles est une œuvre de choix qui veut beaucoup d'amour* » – lui qui ne s'approche pas d'un évier, n'a jamais touché un marteau. A d'autres moments, il se contente de l'observer ; tout d'un coup, elle sent son regard sur elle, le même que sa mère, ce regard qu'ils se croient en droit de porter sur autrui, cette surveillance paralysante.

Depuis leur voyage à Bruxelles, Guy et Véronique n'ont pas recouché ensemble. Guy n'aime pas les rencontres furtives. Et tant que son divorce n'est pas prononcé, ce qui ne devrait pas tarder puisque que c'est un divorce par consentement mutuel, il croit préférable que Véronique ne s'installe pas chez lui. Il a proposé de lui louer un appartement qu'elle pourrait habiter en attendant avec ses fils. Et il la presse de parler à son mari, d'entamer sa propre procédure de son côté. Il lui a même donné le nom d'une avocate, qu'elle n'est pas encore allée voir.

Peu à peu, Véronique commence à envisager une autre vie. Une belle maison – celle de Chantilly serait désormais la sienne –, le shopping, l'institut de beauté, une nouvelle voiture, les sorties distrayantes et éducatives le mercredi avec les enfants. Ses fils sont presque autonomes à présent, et la fille de Guy, d'après ce qu'il en dit, est une enfant bien élevée, facile à vivre. Et puis des relations, des amis, une vie sociale animée… Madame Véronique Prévault ! Epouse sans profession d'un cadre supérieur, d'un polytechnicien ! De quoi clouer le bec à Sylvette Martin qui pense sincèrement, à cause de la modeste situation du père de sa belle-fille, qu'en l'épousant son fils l'a élevée à une position sociale inespérée, qu'elle devrait en être reconnaissante à la famille qui l'a si généreusement accueillie, prendre modèle sur elle, bref se montrer digne de sa chance.

Pourtant, Véronique hésite encore. Peur d'affronter les disputes et le chambardement inévitables, puis de se retrouver en instance de divorce, seule avec les garçons. Et qu'en penseraient ses parents, mariés depuis trente ans, tous les deux employés municipaux et qui mènent à Evreux une vie sans reproche et sans aléas. Ils préféreraient cent fois l'accueillir chez eux avec ses fils plutôt que la savoir, même provisoirement, installée comme une femme entretenue dans un appartement payé par un homme qui n'est pas son mari.

Et puis elle ignore comment Thomas va réagir. Ces hommes secrets, introvertis peuvent se révéler violents quand les choses qu'ils croyaient leur appartenir leur échappent, qu'ils découvrent qu'ils ne sont plus les maîtres du jeu. Elle a déjà vu son mari en colère, et c'était un spectacle effrayant, une colère brutale, grossièrement rustique. Il n'a encore jamais osé porter la main sur elle, s'en est tenu jusqu'à présent au simulacre, sa main restait levée, mais c'était des bruits de casseroles furieux dans la cuisine accompagnés de jurons de charretier, des objets personnels (des objets à elle) haineusement jetés terre, écrasés à coups de talons... D'un autre côté, à part ces éclats, assez rares, et dont elle n'était même pas sûre qu'il n'étaient pas prémédités, elle connaît Thomas comme un être foncièrement pondéré, prudent, calculateur ; il n'irait pas jusqu'à commettre un geste qui pourraient avoir des conséquences graves pour lui-même, et par suite nuire à ses fils. D'ailleurs, elle ne songe pas à le priver de ses fils. Et elle ne veut pas davantage séparer les deux frères. Il faudra bien trouver une solution – peut-être la garde alternée ? Il y a tant de choses à régler, tant de dispositions à prendre qui demandent réflexion. Si elle était amoureuse, la force de son sentiment balaierait ses craintes, ses scrupules, tout souci de bienséance. Ce n'est pas le cas. Véronique a conservé sa raison et pèse le pour et le contre, en prenant son temps.

Il faut dire qu'elle n'est pas sans éprouver une sorte de satisfaction perverse à continuer de vivre entre son mari et sa belle-mère comme si de rien n'était, mais en regardant les choses de haut désormais, sachant que tout pourrait être bientôt terminé. Qu'ils la croient encore sous leur coupe mais qu'il ne tient qu'à elle, si elle veut, quand elle le voudra, de leur balancer l'annonce de son départ comme une bombe, de faire exploser leur petit monde calfeutré, de briser la douillette monotonie de leurs jours.

C'est surtout les dimanches qu'elle rumine, pendant ces longs après-midi chez sa belle-mère, quand les enfants sont allés jouer dans le jardin, que Sylvette Martin, observant que sa bru a ouvert un roman, prend ostensiblement sa couture (« *Il faut toujours avoir un ouvrage en train au cas où on aurait un moment de libre dans la journée*), et que Thomas trône au milieu de la pièce, dans le meilleur fauteuil, à faire des mots croisés, la bouche en cul de poule. Le comparant à l'élégant décor de la maison de Chantilly, Véronique contemple avec une commisération narquoise le mobilier assorti de la salle-à-manger-salon, les reproductions sous verre accrochées au mur, le petit tapis rond pelucheux placé sous la table basse (un mobilier sans prétentions qui se veut simplement convenable, « neutre » à en croire Thomas – il a meublé son propre intérieur dans le même esprit – mais qui est en réalité plein de sens, leur donne un sentiment profond de sécurité en les confortant dans l'idée qu'ils se font de leur rang social). Sans oublier ce qui se voit du dehors, les voilages de polyester soulevés par une brise légère s'insinuant par la fenêtre entrebâillée, « *car il faut bien laisser entrer un peu d'air* ». – Oui, c'est ça, approuve à part soi Véronique, bonne idée : de l'air !

Maintenant qu'elle sait qu'elle peut partir – et plus le temps passe, plus la chose lui paraît possible –, qu'elle ne se sent plus prisonnière, tout compte fait la situation lui paraît assez drôle et, par instant, un sourire effleure son visage, un amusement, lequel n'échappe pas à Thomas qui lève les yeux de sa grille et pose sur sa femme un long regard dubitatif.

En principe, Guy Prévault n'aime pas les barbecues. Mais comment y échapper, dès les premiers jours du mois de mai, quand le soleil luit, que le temps tiédit et que les invitations commencent à pleuvoir ? C'est ainsi que le dimanche de la Pentecôte, par une température presque estivale, il se trouve en compagnie d'une douzaine de personnes sur la pelouse de Renaud Ferrand, un ex-collègue de la banque, en fait son supérieur hiérarchique immédiat (son « + 1 », comme on dit dans les entreprises de pointe), avec lequel il s'entendait assez bien et qui l'invite encore en voisin quatre ou cinq fois par an dans sa maison de campagne de Mortefontaine, à une vingtaine de kilomètres de Chantilly. Eparpillés par petits groupes ou rassemblés autour d'une grande table de jardin, les invités en sont à l'apéritif, dorlotés par une Hélène Ferrand pleine d'attentions, assistée de sa bonne. Un peu plus haut, au bord de la terrasse, la table du repas est mise ; les verres et les couverts étincellent sur une nappe printanière brodée de lilas. On disait à la banque que Ferrand était « bien marié ». En effet, Hélène est une maîtresse de maison accomplie, élégante et belle, convenablement éduquée, capable de seconder son mari efficacement et sans états d'âme. Une épouse comme il en aurait fallu une à Prévault. Il se dit qu'il serait bon, le moment venu, de confier Véronique à Hélène afin qu'elle lui apprenne certaines choses.

A l'autre bout de la terrasse, Ferrand s'affaire devant un barbecue, une imposante maçonnerie de briques et de pierre équipée de deux hottes rustiques peintes d'un crépi crème, l'une abritant le foyer, l'autre un four, le tout surmontant plusieurs étagères chargées d'accessoires multiples et spécialisés. Si le rituel du barbecue lui paraît normal chez les Américains, pour lesquels il s'agit d'un retour aux sources, d'un hommage aux pionniers de la conquête de l'Ouest, Prévault n'a jamais bien compris ce qui poussait des Français à faire cuire leur viande en plein soleil, à s'enfumer eux et leurs invités, voire à s'infliger des intoxications, des brûlures, ou même à déclencher des incendies à quelques mètres d'une cuisine fonctionnelle et ventilée et de l'ombre rafraîchissante de leur salle à manger.

– Content de te voir, Guy, comment vas-tu ? l'interpelle le maître de maison, qui se désintéresse momentanément de son appareil et s'approche, dans une élégante tenue de résident secondaire, chaussures de bateau, pantalon de toile beige et polo Ralph Lauren, un cocktail champagne dans chaque main.

– Bien, très bien, lui répond Prévault tout sourire.

Ferrand lui tend un verre et se laisse tomber dans le fauteuil voisin.

– Ça se voit, tu as l'air en pleine forme… Alors, qu'est-ce que tu penses de ma nouvelle acquisition ? embraye-t-il aussitôt sur un ton fiérot avec un mouvement du menton vers la terrasse. Foyer à bois et à charbon, système *Easy fire*, grille inox biologique ajustable 4 niveaux…

– Impressionnant, apprécie Prévault.

– … four en briques, rôtissoire motorisée avec brûleur infra-rouge.

Prévault émet un sifflement admiratif.

– Il m'a coûté 4000 euros ! annonce triomphalement le propriétaire de l'engin.

– Ah, quand même…

– C'est un *Leriche*, le modèle « Boucanier ».

Jugeant inopportun de mettre en boîte un ancien collègue, son hôte par surcroît, sur un sujet qui semble lui tenir à cœur, Prévault retient la plaisanterie qui lui vient à l'esprit.

– Ça va, à la banque ? demande-t-il pour changer de sujet.

– Ça baigne, on a fait un excellent premier trimestre. T'as quelque chose chez nous, je crois ?

– J'ai gardé mon compte courant.

– Et tes titres, t'as laissé des titres ?

– J'y ai toujours un portefeuille – comme tu sais, ajoute-t-il persuadé que Ferrand connaît par coeur le montant exact des comptes de chacun de ses invités, du moins de ceux qui sont clients de sa banque. C'est un homme qui ignore les jours fériés, les vacances. Comment mieux occuper son temps libre qu'en incitant ses amis qui sont aussi ses clients à accroître leurs placements…

– De combien ?

– Deux cent mille, lui reprécise obligeamment Prévault.

– C'est tout ?

Il se dispense de répondre.

– En tous cas, tu peux dormir sur tes deux oreilles, poursuit Ferrand. On a un peu souffert en 2007, t'es au courant, la crise boursière… Mais en 2008 on va casser la baraque, on prévoit des intérêts à deux chiffres.

– Ah bon ? Malgré la crise ?

– A toi je peux le dire, depuis janvier on a accès à un fonds américain très performant. C'est un truc exclusif, confidentiel. Un club très fermé. Ils n'acceptent pas n'importe qui. Ça nous a pris des mois pour entrer là-dedans, mais aujourd'hui, ça y est, on fait partie des clients privilégiés. Alors si ça te tente, toi, un ami, je peux t'en faire profiter. Tu peux y aller les yeux fermés, crois-moi, c'est un fonds hyper rentable, hyper régulier, hyper sûr…

Renaud Ferrand est bien placé pour savoir que son ex-collègue n'est pas très riche. En le voyant se donner tout ce mal, Prévault se demande s'il n'est pas informé de la vente prochaine de l'immeuble d'Urba-Immo et s'il ne pense pas déjà aux actifs importants qui seront bientôt disponibles. Si c'est le cas, il ne va pas tarder à s'en apercevoir. Ferrand va se mettre à lui téléphoner plus souvent. Tout d'un coup son ancien subordonné va lui devenir un ami très cher. Il peut s'attendre à des invitations répétées au restaurant, à des cocktails, à des premières au cinéma et au théâtre… Peut-être même aura-t-il droit à des allusions voilées sur certains avantages que la banque pourrait lui consentir personnellement. Ex-banquier lui-même, Prévault connaît la musique.

– Ah oui ? fait-il, évasif, je vais voir, je vais réfléchir.

– Ce que je t'en dis, hein, c'est dans ton intérêt. Ça serait dommage de laisser passer une occasion pareille et t'aurais des raisons de m'en vouloir si je ne t'en faisais pas profiter. Enfin, on aura l'occasion d'en reparler. Et à part ça, comment ça va ? Où en es-tu avec ta famille ? – Apercevant ses propres enfants qui jouent à se poursuivre sur la pelouse : Tu nous a pas amené Juliette ?

– Mes parents l'ont prise pour le week-end.

– Alors c'est vraiment fini avec Ariane ?

– Terminé.

– Qu'est-ce qu'elle va faire ?

– Pour le moment, elle est à Nantes, chez son père. On a eu une discussion à son retour de Montreux, juste après sa dernière cure. Pour une fois, on a pu parler calmement Elle est d'accord pour divorcer. Elle n'attendait que ça au fond, que l'initiative vienne de moi. Elle demande une indemnité compensatoire. Il y a de quoi rire, c'est plutôt moi qui serait fondé à lui en demander une.

– Et elle va mieux à présent ? Elle est guérie ? Moi, je l'aimais bien, Ariane…

– J'imagine que ça va à peu près pour l'instant. Avec son père, elle est obligée de se surveiller. De toute façon, ce n'est plus mon problème. Qu'elle se débrouille.

– Ses parents ne sont plus ensemble ?

– Sa mère est morte dans un accident stupide, une noyade. Ariane n'avait que six ans, elle était fille unique. Son père ne s'est jamais remarié et il a tout fait pour compenser l'absence de la mère. Le résultat c'est qu'il l'a pourrie, elle se prend pour le centre du monde.

Ferrand hoche la tête avec une expression vaguement compatissante et reporte son attention sur les femmes présentes, l'œil allumé.

– T'as vu la brune, là-bas ?

– Belle fille, opine Prévault.

– Vingt-quatre ans. Elle veut être comédienne ou bien animatrice de télé, elle ne sait pas trop. Elle chante aussi… enfin elle a un filet de voix. En ce moment, elle n'a pas de contrat, elle est fauchée et n'a personne pour s'occuper d'elle. Il lui faudrait un soutien.

– Je n'ai pas de relations dans le show-biz.

– A la télévision, tu connais bien Demarquay, le directeur de je ne sais plus quelle chaîne, c'est un X, comme toi ? Rappelle-toi, tu m'en avais parlé à sa nomination, tu m'avais dit que c'était un de tes anciens condisciples.

Mais voyant qu'on ne l'écoute pas :

– Enfin quoi, Guy, t'es célibataire, maintenant ! Tu vas pouvoir t'amuser un peu. Je t'envie, tiens ! Moi à ta place... dit-il en posant un regard résigné sur son épouse qui lui adresse un gentil signe de loin.

Prévault est monogame. Il pense avoir une sexualité normale, mais c'est une question qui ne l'a jamais obsédé. Ce qui l'obsède, lui, c'est sa réussite professionnelle et sociale, le pouvoir qu'on peut avoir sur les autres. L'idée qu'il se fait de sa puissance virile, ne passe pas par le sexe, par la multiplication des conquêtes féminines. Et les vantardises « entre hommes » sur le sujet ne sont pas dans son tempérament.

Jugeant prématuré de dévoiler ses projets de mariage avec son assistante, il coupe court :

– Oh, tu sais, en ce moment, je pense surtout à ma fille.

Une heure plus tard, l'assemblée est à table, à l'abri du soleil sous un velum de toile blanche. Prévault s'y attendait, Hélène a placé la jeune femme brune à sa droite. Il perçoit son odeur, un parfum capiteux mêlé à une légère transpiration qui fait luire sa peau mate aux pores dilatés. Elle porte une robe de cotonnade à fleurs bien coupée, mais qu'elle remplit un peu trop, et dont le large décolleté découvre plus que la naissance d'une poitrine généreuse. Une belle plante, sans doute, mais pas son type ; trop méditerranéenne à son goût. Elle doit déjà savoir qu'elle ne plaît pas car il la sent à côté de lui un peu raide, un peu fâchée.

Une terrine de saint-jacques est servie en entrée, accueillie par les acclamations d'usage dans un déjeuner informel de copains. Prévault connaît déjà les trois-quarts des convives, des banquiers pour la plupart, administrateurs, analystes ou traders, accompagnés de leurs épouses ou de leurs petites amies. Comme Hélène interdit de parler boutique ou politique pendant ses repas campagnards, la conversation sera sans aspérités et sans surprise, de plus en plus volubile et bruyante à mesure que seront vidées les bouteilles de Saint-Amour et de chardonnay. Une fois de plus, on aura droit au récit de leurs voyages lointains, à la description, sur un ton faussement modeste, de leurs nouvelles voitures, de leurs bateaux, de leurs résidences secondaires, ainsi qu'aux mérites comparés des gadgets électroniques dernier cri qu'ils utilisent dans leur travail et qui les intéressent à un point inimaginable. Un mot, risqué par une dame, sur le dernier film ou le dernier roman à la mode, et ce sera tout.

Sa terrine avalée, Ferrand a déjà quitté la table et, sous l'oeil goguenard des habitués de la maison, ceint d'un grand tablier, le visage en feu, il s'escrime devant le foyer de son barbecue en agitant sa pince comme un diable de troisième classe son trident, tandis que la bonne dispose à sa portée des plateaux de côtelettes d'agneau, de chipolatas, de brochettes.

A minuit et demie, après une journée somme toute agréable, prolongée par l'arrivée surprise, sur le coup de cinq heures, d'une bande d'amis chargés de bouteilles et de victuailles, Prévault se met au volant de sa voiture. Pas vraiment ivre mais, à cause des excellents vins servis par Hélène, pas mal éméché, il croit prudent d'éviter les grands axes et décide de rentrer chez lui par les petites routes de la forêt de Chantilly qu'il connaît par cœur et où les chances de croiser un contrôle de police sont à peu près nulles. A travers l'air sec et transparent, la lune éclaire l'asphalte comme en plein jour, on pourrait presque rouler sans phares. Entre deux rangées de grands chênes dont le feuillage sombre se découpe avec précision dans la clarté nocturne, Prévault avale les premiers kilomètres sans apercevoir âme qui vive, sinon, au loin, dans son rétroviseur, une paire d'idiots, à deux sur une moto, probablement saouls, qui s'amusent à zigzaguer sur la route.

D'une nature casanière, s'il ne tenait qu'à lui Prévault se passerait facilement de vie mondaine. Répondre aux invitations, se rendre à des dîners, à des soirées ou à des parties de campagne lui demande chaque fois un effort, qu'il s'impose bien sûr, car pour un homme ambitieux exister socialement est une nécessité. Mais la plupart du temps il ne tarde pas à s'y ennuyer et attend patiemment que ça se passe. Ariane lui reprochait assez son côté « bonnet de nuit ». Au contraire de sa femme et de nombre de ses collègues, Prévault n'éprouve pas le besoin d'échanger avec les autres, de briller, de parader dans les salons. Ce qui lui plaît à lui, c'est organiser, planifier, argumenter pour déjouer les objections, et finalement obtenir gain de cause, neutraliser les opposants. Et ça, on ne le fait pas dans les réceptions mondaines, au milieu de gens qu'on connaît à peine, avec des grâces, des ronds de jambes et des mots d'esprit. Cela s'accomplit en toute discrétion dans des bureaux feutrés, insonorisés, autour d'une table de réunion, avec des interlocuteurs et des adversaires choisis. Et le champagne qu'on boit après une négociation réussie vous a une toute autre saveur… Il doit pourtant reconnaître que lorsqu'il a fait l'effort de se rendre à une réception et de s'y maintenir pendant une durée convenable, la corvée finie, il est généralement content de s'être secoué un peu. Et puis il a fait si beau aujourd'hui, ç'aurait été vraiment dommage de ne pas profiter de la campagne, de se priver d'une journée en plein air qui, finalement, s'était révélée plutôt amusante…

Ferrand et son barbecue ! En cinq ans, ma parole, c'est au moins le troisième qu'il s'offre ! Quel enfantillage… Et cinq ans qu'il fait avaler à ses invités ses côtelettes trop cuites, ses brochettes carbonisées d'un côté et crues de l'autre, ses chipolatas réduites à l'état de brandons noirâtres… Quand il lui énumérait les perfectionnements de son appareil, Prévault avait bien failli lui demander s'il avait aussi l'air conditionné… Ha, ha, ha… Elle est bonne celle-là, un barbecue à air conditionné ! C'était bien trouvé… – Il en rit tout seul dans sa voiture, tout en regrettant d'avoir laissé perdre sa réplique, car il n'a pas l'esprit de répartie.

Et l'équipe qui s'est pointée en fin d'après-midi ! De drôles de numéros, à se demander où Ferrand était allé les chercher… Des relations de vacances à ce qu'il a dit, des gens rencontrés à Mégève, dont l'un, tout à fait par hasard, possédait une maison à trois kilomètres de chez lui, de l'autre côté de Mortefontaine. Le type est dans l'import-export. Comme quelqu'un lui demandait ce qu'il importait, sa femme qui avait un coup dans l'aile a répondu à sa place : « *Un tas de saloperies… des containers de saloperies* ! ». Encore un qui est bien tombé, ha, ha, ces bonnes femmes !… Une bande de parvenus, vulgaires, tape-à-l'œil, mais au moins on peut dire qu'ils ont mis de l'animation, ça oui, on n'entendait plus qu'eux ! Heureusement que la maison était isolée, un voisin aurait pu envoyer les gendarmes...

Et la grosse brune, pas du tout son genre, que Ferrand a cru bon de lui coller dans les bras ! Après lui avoir fait du rentre-dedans toute la soirée, elle lui a mis de force son numéro de téléphone dans la poche – il tâte le petit bout de papier dans la pochette de sa veste pour s'assurer qu'il n'a pas rêvé. Non, mais quel sans-gêne !... A la fin, complètement partie, elle leur a même chanté quelque chose, une chanson de Charlotte Gainsbourg, ou bien de sa mère, il ne sait plus. Enfin, les établissements Gainsbourg... On n'y échappe pas... Ça, on peut dire qu'il a mis sa famille à l'abri, celui-là... Ha, ha !

Après une série de virages en léger déversement, la route forestière s'aplanit et continue en ligne droite sur plusieurs centaines de mètres. Les deux imbéciles à moto ont cessé de zigzaguer et foncent maintenant sur la route étroite, grossissant à vue d'œil dans son rétroviseur. Par précaution, Prévault ralentit et se serre contre le talus pour leur laisser le passage. On ne sait jamais. Dans l'état où ils sont, ils seraient bien capables de l'accrocher. Et les voilà à sa hauteur, ils le dépassent à cent vingt à l'heure, et ça ne rate pas : deux secondes plus tard, ils perdent l'équilibre et la moto se couche en se déportant sur la droite devant sa voiture. Elle a dû glisser sur quelque chose. Tout en se félicitant d'avoir pris la précaution de ralentir, Prévault continue d'avancer sur quelques mètres et s'arrête. Un des gars s'est déjà relevé, celui qui était sur le siège arrière, mais l'autre est toujours à terre. Prêt à leur porter secours, Prévault les rejoint en courant, et se fait cueillir par un formidable uppercut qui l'envoie dinguer jusqu'au talus. Sonné mais conscient, il pense aussitôt à un banal car-jacking, impression corroborée par le fait qu'ils roulaient à deux sur une moto, et, se redressant sur un coude, ne souhaitant plus que les voir disparaître, il leur crie d'une voix étranglée de prendre la voiture : *Prenez-la, allez-y, la clé est dessus, je m'en fous, allez-y, prenez-la...* – Mais au lieu de s'intéresser à sa BM de fonction, les types viennent droit sur lui, deux malabars caparaçonnés dans leur blouson de cuir, les mains gantées, le visage dissimulé sous leur casque intégral, inexorables et menaçants comme des extra-terrestres de jeu vidéo. Terrifié, dans l'espoir de les arrêter, Prévault a encore le réflexe de leur jeter son portefeuille, en articulant son numéro de carte Gold, très péniblement à cause de sa mâchoire douloureuse. Mais pas plus que de la voiture, ils n'ont l'air de se soucier du portefeuille pour l'instant et aucun ne prend la peine de le ramasser. L'un des monstres casqués est déjà derrière lui. Il le redresse brutalement en l'attrapant sous les aisselles et le maintient debout, bloquant ses bras pendant que l'autre se met à lui bourrer la tête de coups de poing. Après quelques interminables secondes, ils le lâchent enfin, le laissant s'écrouler comme une chiffe sur l'herbe du talus. Pendant que celui qui cognait retourne vers la moto, l'autre reste un moment au-dessus de lui, à le contempler. Toujours conscient, terrorisé, s'attendant au pire, Prévault protège sa tête de ses bras et d'instinct se recroqueville en gémissant comme un animal qui fait acte de soumission devant un plus fort, qui implore sa pitié. Passent encore une ou deux terribles secondes. Puis le type lui balance un formidable coup de pied dans les côtes et Prévault perd connaissance.

6

Le mardi suivant, au lendemain du long week-end de la Pentecôte, Gilles Lapierre réintègre son bureau – l'antre où il est confiné depuis plusieurs mois –, un gros paquet de journaux sous le bras, des magazines achetés au kiosque ou ramassés en passant sur le présentoir du rez-de-chaussée, prêt à traverser une longue matinée d'ennui, une de plus. Il prend son mal en patience car ce n'est plus désormais qu'une question de jours. Normalement, compte tenu des trois mois de préavis – juin, juillet, août – que la société lui doit, sa lettre de licenciement devrait arriver fin mai. L'air mystérieux et plus que jamais inabordable de Suzanne Servent nourrit son impression qu'elle est en train de préparer les modalités de départ de ceux qu'on ne souhaite pas revoir en septembre. Sa notification de licenciement en main, il pourra contre-attaquer. Il a déjà vu un avocat et réglera sa conduite en fonction des propositions qui lui seront faites. Essentiellement, c'est un problème d'indemnité, pour laquelle il se prépare à batailler ferme.

Quand une entreprise d'une certaine importance licencie un de ses cadres, l'usage est de lui faire grâce de son préavis. En fait, personne ne souhaite qu'un cadre licencié mécontent s'éternise entre les murs et se trouve en situation de prendre, dans ce qui serait un déplorable esprit de vengeance, des décisions contraire aux intérêts de la société. On n'a qu'une hâte, c'est qu'il disparaisse. Gilles espère bien que Prévault se conformera à la règle, ce qui lui laissera toute la liberté de mouvements nécessaire pour organiser sa riposte.

Il y a moins d'une heure qu'il est plongé dans ses magazines, quand son téléphone sonne. Il reconnaît aussitôt la voix mélodieuse de Manuelle Germain qui le prie de se présenter dans le bureau du directeur général. Elle le prie… « *Monsieur Legrand voudrait vous voir, pouvez-vous venir tout de suite, je vous prie ? »*. Evidemment, c'est un ordre, mais il y a la manière. Ce n'est pas une injonction péremptoire comme en formulent en général les assistantes de direction quand elles vous convoquent chez leur patron. Non, c'est la douceur, la grâce incomparable de Manuelle Germain. Gilles reçoit un coup violent au cœur, comme chaque fois qu'il l'entend, chaque fois qu'il la croise dans un couloir ou même qu'il l'aperçoit de loin à la cantine ou à la brasserie d'en face. Mon petit cœur de midinette, se dit-il avec ironie en rajustant sa cravate.

Son émoi surmonté, il se dirige vers le bureau du DG en s'interrogeant sur le sens de cette convocation. Alors, pour lui, ce ne sera donc pas la lettre de licenciement pure et simple ? Quelqu'un s'est avisé – le DG lui-même sans doute, peut-être influencé par son assistante qui ne doit pas se gêner quand ils sont en tête à tête pour dire ce qu'elle pense à son patron – qu'on ne licenciait pas un cadre avec vingt ans d'ancienneté dans la maison sans y mettre un peu les formes ? Quoi qu'il en soit, seul face au directeur général et au directeur administratif, Gilles sait que l'entretien ne sera pas une partie de plaisir. Il se demande ce que Prévault a bien pu inventer pour justifier son renvoi, quel reproche infondé il va lui balancer à la figure. En tous cas, c'est le moment de se maîtriser, il va falloir jouer serré. Surtout ne pas sortir de ses gonds. Il sera bien temps de leur tomber dessus un peu plus tard par cabinet d'avocat interposé.

En lui ouvrant la porte, Manuelle montre un visage grave, mais ce n'est pas le visage fermé des mauvais jours, des entretiens épineux susceptibles de dégénérer en bagarre – et pas seulement verbale ; en s'effaçant pour le laisser passer, elle lui adresse même un bref sourire.

Très surpris, Gilles pénètre dans la pièce. Au lieu de la comparution au sommet à laquelle il s'attendait, il semble qu'on l'ait appelé à une réunion. Quatre personnes sont déjà autour de la table ovale, l'air de l'attendre : Legrand, son adjoint Paul Tardieu, Suzanne Servent et Véronique Martin, l'assistante de Prévault, lequel bizarrement ne figure pas dans l'assemblée. Comprenant qu'il se passe quelque chose d'anormal, Gilles s'assied sur le siège que Manuelle lui indique, tandis qu'elle-même prend place en face de lui.

– Bon, tout le monde est là ? commence le DG après un coup d'œil circulaire. Alors voilà, je vous ai réunis parce que j'ai une fâcheuse nouvelle à vous annoncer : notre directeur administratif a été victime d'un accident... un accident de voiture.

Ceux qui n'étaient pas déjà au courant se figent, envahis par des sentiments qu'ils préfèrent cacher. De l'étonnement, de l'effroi, mêlés à un fond inavouable de joie morbide, ce petit frisson vaguement coupable qu'on éprouve quand un coup du sort, un accident, la mort peut-être frappent une personne qu'on connaissait un peu, avec laquelle on parlait encore la veille, surtout s'il s'agit de quelqu'un de puissant, un supérieur, un homme qui tenait notre destin entre ses mains et qu'on croyait invulnérable. – Ce que c'est que de nous.

Véronique Martin est devenue livide. En une seconde, ses espoirs se sont effondrés, son remariage, ses chances d'échapper à une vie médiocre. Toute sa vie gâchée pour une cause dépourvue de sens. Un accident, quoi de plus bête ? La malchance est une malédiction.

Bien que tout le monde se pose la question, personne n'ose demander le premier s'il s'agit d'un accident grave.

– Ça s'est passé dimanche, poursuit Legrand, dans la forêt de Chantilly. Rien de très sérieux, mais Monsieur Prévault va se trouver immobilisé pendant quelque temps.

– Qu'est-ce qu'il a eu ? se permet enfin d'interroger la DRH.

– Une fracture du nez, des contusions, rien d'inquiétant. Le plus embêtant c'est qu'il a aussi deux côtes cassées, ou fêlées, enfin il doit rester plusieurs semaines dans le plâtre.

Gilles a déjà deviné la suite. Lui-même et l'adjoint du DG vont être chargés de prendre les rênes à la place du directeur administratif défaillant et de gérer les affaires en cours. Pour Gilles, ça ne signifie rien de moins qu'une remise en selle, due aux circonstances, sans doute, et peut-être provisoire, ou peut-être pas. Qui peut dire ce qui va se passer après. La Providence…

– Donc, nous allons devoir parer au plus pressé. Je m'occuperai de la partie financière. Ça tombe mal, j'ai beaucoup d'autres choses en route, et très importantes, malheureusement nous n'avons pas le choix. Tardieu me remplacera quand je serai obligé de m'absenter. Enfin, on s'arrangera. Je compte sur votre mobilisation à tous.

Pour l'interne, c'est l'affaire des Services généraux. Monsieur Lapierre, c'est vous qui piloterez le navire. Ça ne sort pas tellement de vos attributions. Madame Servent vous secondera pour l'administratif...

Gilles se rengorge imperceptiblement. *C'est lui qui pilotera le navire...* Il est obligé de faire un effort sur lui-même pour ne pas chercher le regard de Manuelle. Mais il est certain qu'elle a entendu et il ne doute pas qu'à cet instant elle le regarde, il sent la force de son attention sur lui, ce qui le rend indiciblement heureux. D'ailleurs, tout le monde le regarde : sur un mot du DG, il vient d'être réhabilité. – Tout le monde, sauf Suzanne Servent qui fixe un point sur la table et peine à cacher sa mauvaise humeur.

Si ça se trouve, souvent absent, peu impliqué dans les affaires intérieures, Legrand ignorait complètement que son Directeur des Services généraux avait été mis sur la touche, ou peut-être qu'on le lui avait dit et qu'il l'avait oublié, ou ce n'est tout simplement plus d'actualité. L'entreprise a un problème, elle a besoin de lui ; pour le directeur général, c'est tout ce qui compte. Effacés les huit mois de placard de Lapierre, c'est comme s'ils n'avaient jamais existé.

– Allons-y alors, dit Legrand en s'adressant à son adjoint. Tout d'abord, il y aura ce problème avec Bercy à régler en priorité... – Véronique, ayez la gentillesse d'aller me chercher un café... Qui veut des cafés ?

Quelques doigts se lèvent.

– Suzanne ?

– Non merci, j'en ai déjà pris un. Quand j'en bois trop, ça me donne des battements de cœur... – déclaration qui suscite un remous parmi les personnes présentes : la DRH aurait donc un cœur ?

– Quatre cafés, s'il vous plaît, Véronique.

De mauvaise grâce, Véronique s'exécute. Elle est assistante de direction, pas serveuse. Quand Guy était là, personne ne se serait permis de l'envoyer chercher des cafés. Et même avant, au Commercial, ça ne lui était pas arrivé une seule fois depuis ses débuts dans la boîte. D'habitude, pour ce genre de service, on appelle les stagiaires ou bien la petite Bernier qui passe son temps à se vernir les ongles à la réception de l'étage. Voilà, c'est la dégringolade qui commence. La poisse, je vous dis.

En revenant, toujours maussade, elle a pourtant l'agréable surprise d'entendre prononcer son nom.

– ... Véronique Martin sera l'organe de transmission. C'est elle qui tient les dossiers de la direction administrative et elle est au courant de beaucoup de choses. Elle pourra vous aider efficacement. C'est une personne très compétente.

Réconfortée par les paroles du directeur général, elle pose devant lui une jolie tasse de porcelaine blanche, une petite cuillère argentée, le sucre et, avec des gestes précautionneux, lui verse son café de la cafetière brûlante. Puis elle repose la cafetière sur le plateau, qu'elle abandonne sur la table. Les autres sont assez grands pour se servir tout seuls.

– Entendu, dit-elle, saisissant la balle au bond. Mais il faudra que j'aille voir Monsieur Prévault pour prendre ses directives.

– Allez-y si vous voulez, il est à la Clinique Monceau. Seulement il vaut mieux attendre un jour ou deux, laissez-lui le temps de récupérer. J'y suis passé hier, après avoir reçu le coup de fil de son père, et il était encore choqué. Ça l'a sonné cette affaire... heu, son accident.

Calé contre deux gros oreillers, Guy Prévault est assis sur son lit d'hôpital, engoncé dans un corset de plâtre, le nez maintenu par un pansement barrant son front et ses pommettes à la façon d'un masque saoudien, un tampon de gaze collé sur son arcade sourcilière gauche recousue.

– Tiens, Véronique, feint-il de s'étonner, d'une voix ulcérée, en la voyant entrer. Enfin…

– C'est Legrand qui m'a conseillé d'attendre un peu. Je n'ai pas osé venir plus tôt. – Soulevant son attaché-case, elle ajoute : J'ai apporté du travail.

– Du travail ! éternue Prévault en haussant douloureusement les épaules.

– Comme ça ma visite paraîtra naturelle. Personne n'y trouvera rien à redire. Comment ça va ?

– A ton avis ?

En le découvrant tout ébouriffé, émergeant de sa carapace, encore bouleversé par la tuile qui vient de lui tomber dessus, les yeux pleins de désarroi et de colère, une colère impuissante de petit garçon, Véronique a du mal à se retenir de rire. Ne trouvant pas d'endroit où l'embrasser sur son visage pansé et tuméfié, elle s'assoit sur une chaise à côté de son lit et lui prend la main.

– Quand même, dit-elle d'un ton encourageant. Tu ne t'en es pas trop mal sorti. Ça aurait pu être pire.

– Comment ça ? réagit Prévault, outré.

– Un accident de voiture, ç'aurait pu être beaucoup plus grave. C'est arrivé comment ?

– C'était PAS un accident, répond-il sombrement. Qui c'est qui t'a raconté ça ?

– Et bien Legrand… C'est ce qu'il a dit à tout le monde.

— C'était une agression, j'ai été agressé ! Par deux voyous à moto...

— Ils ont pris ta voiture ?

— Même pas. Ils n'ont même pas touché à mon portefeuille. Je leur avais jeté et je l'ai retrouvé dans la poche de ma veste... avec tout mon argent dedans, mes cartes de crédit, tout. Ça doit être quelqu'un du SAMU qui l'a vu par terre et l'a remis en place. Quelqu'un d'honnête.

— Et pourquoi on t'aurait fait ça, alors ?

— Je n'en sais rien. Pas la moindre idée. Le médecin m'a dit qu'en me voyant débarquer il avait cru qu'on lui amenait un boxeur amoché après un match. Du travail de professionnel, il a dit. En prime, ils m'ont fêlé deux côtes. D'un coup de pied. Ces salauds...

Prévault se tait, contemplant son malheur. Lui qui hait la violence, la méprisable violence physique, l'arme des faibles et des sots, se faire dérouiller par une paire de racailles comme s'il était l'un d'eux !

— Tu vas rester longtemps ici ?

— Ils veulent me garder encore une semaine. Maman s'est installée chez moi pour s'occuper de Juliette.

— Quand tu seras rentré, il te faudra une infirmière. Tu veux que je m'en occupe ? Je vais essayer de te trouver quelqu'un de bien.

Tout en parlant, Véronique a ouvert son attaché-case et en sort quelques feuilles qu'elle répand sur le drap et sur ses genoux.

— Maman en a déjà trouvé une. Qu'est-ce que tu fais ?

— Si quelqu'un venait... Il vaut mieux qu'on ait l'air de travailler. Ton absence fait un vide au bureau, tu sais. Il va falloir qu'on se débrouille. Tu penses que tu pourras nous aider ?

Pour toute réponse, Prévault remue machinalement les papiers posés sur son lit en regardant ailleurs.

– Un peu plus tard, je veux dire. Quand tu seras rentré chez toi.

– On verra. J'ai pas l'esprit à ça.

A quoi a-t-il l'esprit, se demande Véronique. Il paraît tout d'un coup si distant, si lointain. C'est comme s'il n'y avait plus ni confiance ni intimité entre eux, qu'à ses yeux elle était redevenue une employée comme les autres, à peine plus qu'une étrangère. Au fond, elle n'y avait jamais vraiment cru à cette demande en mariage. Ça avait toutes les apparences d'un coup de tête, d'une proposition en l'air. Son agression lui aura fait un choc et remis les idées en place.

Une gêne s'installe, meublée de paroles creuses, cet embarras des visites d'hôpital, parfois, quand l'un sait que son visiteur s'ennuie et que l'autre se contraint à rester un temps raisonnable en ne pensant qu'à déguerpir.

– Je vais y aller, annonce enfin Véronique, je te laisse te reposer, il ne faut pas que tu te fatigues. Il y a quelque chose que je pourrais te rapporter la prochaine fois ?

Des bananes... Prévault a une furieuse envie de bananes. Il manque prononcer le mot, se retient à temps par peur du ridicule. Il demandera ses bananes à sa mère.

– Ne t'inquiète pas, dit-il. Maman s'occupe de moi.

– Bon, j'y vais, répète Véronique en rassemblant ses papiers épars et en les remettant dans son attaché-case. Tu veux que je revienne demain ?

– Demain, j'aime mieux pas. Maman vient me voir avec Juliette. Je ne sais pas à quelle heure exactement.

– Comme tu voudras. J'y vais alors, je t'appelle.

Elle lui effleure la main d'un doigt léger, un geste de réconfort discret – il ne faudrait pas qu'il s'imagine qu'elle s'incruste, qu'elle a l'intention d'insister – et fait ce qu'elle a dit, laissant la place à une aide-soignante maternelle et pressée :

– Eh bien, je vois que ça va mieux ! Vous voilà tiré d'affaire, mon petit Monsieur, on va bientôt vous renvoyer chez vous. Qu'est-ce qui vous ferait plaisir pour dîner ? Aujourd'hui, c'est steak haché pommes vapeur brocolis. Ou bien poulet rôti. Si vous préférez, je peux vous mettre une cuisse de poulet.

– Poulet. Et j'aimerais bien une banane, s'il vous plaît.

Véronique Martin ne se trompe pas : en ce moment, Guy Prévault est bien loin de penser à elle. Même son divorce n'est plus au premier plan de ses préoccupations. Il a d'autres soucis en tête.

Ce matin même, sur le coup de dix heures, un gendarme est venu l'interroger, une espèce de gros lard de brigadier qui ne se signalait pas par sa délicatesse. Peut-être impressionné par le triste état où il le trouvait, le gendarme a commencé son interrogatoire en douceur, et Prévault, en s'efforçant de ne rien oublier, lui a détaillé de bonne grâce tous ses faits et gestes de la journée de dimanche, depuis l'instant de son réveil jusqu'au moment, aux environs de minuit quarante-cinq, où il avait été attaqué et avait perdu connaissance. Mais assez vite, l'autre a changé de ton, il est devenu agressif, comme s'il le soupçonnait de n'être pas pour rien dans son agression et de lui cacher quelque chose.

La gendarmerie de Chantilly avait été alertée par les gens du SAMU après un appel qu'ils avaient reçu d'une cabine téléphonique. Leur correspondant n'avait pas voulu donner son nom ; il s'était contenté d'indiquer l'endroit où, en traversant la forêt, il avait aperçu – soi-disant aperçu – une voiture abandonnée au bord de la route et un homme qui devait être son conducteur étendu immobile en travers du talus, peut-être évanoui, ou peut-être mort. N'étant pas secouriste, il n'aurait de toute façon pas su quoi faire pour l'aider et n'a pas cru utile de s'arrêter. Il a pensé qu'il était plus urgent de les prévenir. C'est du moins ce qu'il a prétendu. Un coup de fil très bref, puis on a brutalement raccroché.

Ce qui avait mis la puce à l'oreille des gendarmes, c'est que le type avait appelé d'une cabine au lieu d'utiliser son portable, lequel aurait permis de remonter jusqu'à lui. Ils en avaient déduit que celui qui avait contacté le SAMU était probablement, puisque Prévault venait de lui apprendre qu'il avait eu deux agresseurs, l'un de ceux qui avaient fait le coup. Et dans ce cas, comme rien n'avait été volé, logiquement, il ne pouvait s'agir que d'une vengeance ou d'un avertissement.

« C'est votre devoir de nous aider, Monsieur Prévault, insistait lourdement le brigadier, espérant peut-être, grâce à l'homme qu'il avait devant lui – qui n'était pas n'importe qui, ça le changeait des petits voyous du département – tenir un fil capable de le conduire à la tête d'un réseau criminel important (et, pourquoi pas, à l'apogée de sa carrière), il faut nous dire qui vous avez rencontré ces derniers temps, si vous êtes en rapport avec des gens peu recommandables, des personnes interlopes. C'est que, n'est-ce pas, on a toujours intérêt à surveiller ses fréquentations, des fois on ne se méfie pas, et pan, ça vous retombe sur le nez... Là, vous avez eu un avertissement, pas trop grave, vous vous en êtes bien tiré, mais ça risque d'être beaucoup plus sérieux la prochaine fois, vous pourriez même être tué, on voit ça tous les jours... Votre vie est peut-être en danger, Monsieur Prévault, et si vous refusez de parler, si vous nous cachez quelque chose, comment voulez-vous qu'on vous protège... – Puis brusquement, impatienté devant ce qu'il prenait pour de la mauvaise foi de sa part, une réticence délibérée, il s'est mis à l'assommer de questions en rafale : Jouez-vous à des jeux d'argent ? Etes-vous un habitué des courses ? Vous habitez Chantilly, près de l'hippodrome, on peut dire que vous avez tout ce qu'il faut sous la main, c'est tentant, hein, ça doit être difficile de résister. Même lui, il allait de temps en temps se promener sur la pelouse le dimanche en famille, sans jouer bien sûr, juste pour prendre l'air en regardant les chevaux courir. Un beau spectacle. L'ennui c'est qu'on rencontre toutes sortes de gens sur les champs de courses, on ne sait jamais à qui on a affaire et, sans s'en rendre compte, sans l'avoir voulu, on peut se retrouver mêlé à de sales histoires... Ou alors au poker ? Est-ce que vous jouez au poker, Monsieur Prévault, avez-vous des dettes de jeu ?... Et est-ce qu'il prenait de la cocaïne, une habitude de plus en plus répandue dans les grandes entreprises, pour évacuer le stress, il paraît – heureusement qu'on n'en fait pas autant à la gendarmerie... Sa cocaïne, où la trouvait-il ? Qui la lui livrait ? Etait-il en contact direct avec des dealers ?... Ou alors il s'agissait peut-être d'une histoire de femme, c'est humain, et la jalousie, parfois, ça fait faire de drôles de choses. Vous connaissez-vous un rival, un mari, quelqu'un qui aurait des raisons de vous en vouloir ? Réfléchissez bien, Monsieur Prévault... », etc. – De victime, il était devenu coupable. Renversement classique en pareille situation. Mais on a beau être averti, quand c'est à vous que la chose arrive, on n'en est pas moins blessé et révolté. Indigné par les insinuations du gendarme, lui qui menait une existence monacale, s'était toujours montré – réflexe de banquier – on ne peut plus prudent avec ses fréquentations, et veillait d'une manière générale à ne rien faire, ne rien dire qui puisse entacher sa réputation et nuire à son ascension professionnelle, Prévault s'était insurgé avec une telle véhémence que l'infirmière-chef du service avait ouvert sans frapper la porte de la chambre : « *Mais qu'est-ce qui se passe ici ?* »

Bien qu'il ait déposé une plainte contre X, sceptique sur la capacité des gendarmes à mettre la main sur ses agresseurs, et surtout à identifier leur commanditaire, depuis le départ du brigadier, Prévault retourne le problème dans tous les sens.

En prenant ses fonctions chez Urba-Immo quelques mois plus tôt, aucun doute, il avait fait des mécontents. Quand ils sont licenciés, les gens ont la regrettable habitude d'en faire une affaire personnelle. Ils s'imaginent qu'on leur en veut, qu'on ne reconnaît pas leurs mérites et se croient victimes d'une injustice. Dans toute sa carrière, Prévault n'en a jamais vu un seul capable de voir plus loin que le bout de son nez. Ils ne veulent rien savoir de la mondialisation, de ses enjeux, de la dureté de la concurrence et refusent d'admettre que les licenciements n'ont d'autre but que l'intérêt de l'entreprise. D'ailleurs, à son arrivée, il avait licencié très peu de monde : quelques jeunots du Commercial, tout juste sortis de l'école, des petits glandeurs dont les résultats étaient à peu près nuls, et aussi ce type âgé à la cuisine du restaurant d'entreprise, où ils étaient – et là c'était flagrant, personne n'aurait pu dire le contraire – beaucoup trop nombreux. En réalité, se séparer d'un employé de plus dans cette cuisine où personne ne fait la cuisine, puisque les plats arrivent tout préparés de l'extérieur, aurait été parfaitement légitime. Oui, il avait la conscience tranquille, il n'avait rien à se reprocher ; on peut même dire qu'il avait eu la main légère, qu'il avait su se montrer humain. De toute façon, il y a six ou sept mois de cela, et il ne voit pas des gamins, des têtes en l'air de fils à papa se donner la peine de lui tendre un guet-apens ; ils doivent être depuis longtemps recasés et l'ont complètement oublié. Quant à l'aide-cuisinier, qui n'a sans doute pas, le pauvre homme, retrouvé une place à son âge, même s'il avait envie de se venger, il n'en aurait pas les moyens.

Pour l'heure présente, il y a bien sûr ceux qui craignent de faire partie de la prochaine charrette, les licenciements prévus à l'occasion du déménagement. Mais d'après son expérience, même quand ils s'y attendent, qu'ils ont toutes les raisons de penser que ça va leur tomber sur la tête, les gens menacés d'un renvoi ont du mal à regarder la réalité en face et espèrent jusqu'à la dernière minute qu'ils seront épargnés. Non, il ne les voit pas lever le petit doigt avant même que la première lettre de licenciement ait été envoyée.

Un qui aurait des raisons de lui en vouloir et qui serait en mesure de monter une opération comme celle-là, c'est ce pot de colle de Lapierre. A son poste de directeur des Services généraux, en rapport constant avec le personnel de la sécurité, des types plus ou moins douteux, envoyés par une entreprise extérieure, dont on ne sait jamais qui ils sont exactement, il lui serait facile d'obtenir les concours nécessaires. Mais Prévault croit assez bien connaître les hommes de son espèce : scrupuleux, respectueux de la légalité, timorés. Oui, ce pauvre Lapierre serait bien incapable de monter un coup pareil. D'ailleurs, s'il avait un minimum de combativité il y a longtemps qu'il lui aurait remis sa démission au lieu de s'agripper à son poste comme une huître à son rocher.

Evidemment, continue de raisonner Prévault, si ses deux agresseurs n'ont rien pris, pas un seul des quelques billets de cent qui se trouvaient dans son portefeuille, c'est qu'ils avaient des consignes précises : il fallait que leur victime voie clairement qu'il ne s'agissait pas d'une attaque de voyous qui se seraient trouvés dans la forêt et auraient vu passer sa BM par hasard. Et l'organisation d'une telle opération exige du professionnalisme. Repérer sa voiture, son adresse, rien de plus simple. Mais connaître son emploi du temps de ce dimanche-là, cela suppose des écoutes, l'installation de mouchards dans son portable et dans le téléphone fixe de son domicile, et ensuite il faut se donner la peine de le suivre, patienter une journée entière, puis procéder à l'« avertissement », comme dit le brigadier, sans bavure. Le médecin, celui qui avait d'abord cru qu'on lui amenait un boxeur, avait trouvé le mot juste : « Un travail de professionnel ». Et bien, une société de sécurité disposerait certainement des moyens techniques et des types compétents pour l'accomplir... Etoile-Security ?... Mais pour quelle raison ? Pourquoi lui auraient-ils fait ça, à lui, qui les connaît à peine ? – (Sous l'effet du stress, un élancement soudain transperce Prévault entre la racine du nez et l'arcade sourcilière, une névralgie fulgurante. Il ferme les yeux quelques secondes, puis reprend le cours de ses pensées.)

Ariane, son épouse ? Après tout, il ignore qui elle rencontre dans sa clinique de Montreux. Parmi les ivrognes friqués qui viennent s'y faire soigner, se trouvent certainement des gens de tous les milieux, des gangsters, des mafieux... Comment savoir ? Quelqu'un pourrait l'avoir aidée à l'intimider en vue de la négociation de l'indemnité compensatoire qu'elle a le toupet de lui réclamer ? Il n'y croit pas : sa femme n'est pas assez entreprenante, elle n'aurait pas la suite dans les idées nécessaire. Et puis faire casser la figure au père de sa fille ? Non, tout de même pas ; Ariane a reçu une certaine éducation, elle n'irait pas jusque-là.

Alors, bien sûr, il y a tous ces gens d'Urba-Immo opposés à ses initiatives et qui s'ingénient depuis le début à lui mettre des bâtons dans les roues. Cette quinzaine de petits malins qui rechignent au transfert des bureaux et complotent derrière son dos, planqués dans le bar-tabac en haut de l'avenue... Comme s'il n'était pas au courant ! Qu'il n'avait pas ses informateurs !... Ah, ces types du BTP, avec leurs mauvaises manières, leur grande gueule, leurs grosses blagues, leur allure déboutonnée, leurs vingt kilos de trop à la cinquantaine à croire qu'ils le font exprès ! Mais qu'est-ce qu'il est venu faire dans cette galère...

Le pire dans l'histoire, l'insupportable, c'est de ne pas savoir d'où vient le coup, d'être dans l'impossibilité de se défendre. C'est cela le plus angoissant : le brouillard... Et le gendarme qui pense qu'ils vont recommencer !... A l'idée qu'il pourrait retomber entre les mains de deux brutes casquées, d'être à nouveau roué de coups puis abandonné sans connaissance au bord d'une route, Prévault, complètement abattu, se laisse aller contre ses oreillers, renonçant à comprendre.

Enveloppée d'effluves de cuisine d'hôpital échappés du chariot arrêté dans le couloir, l'aide-soignante réapparaît :

– Poulet brocolis ! annonce-t-elle avec entrain en installant une table à roulettes devant son patient. Nous n'avons pas oublié votre banane.

Depuis l'agression du directeur administratif et financier (plus personne aujourd'hui ne croit à la version de l'accident : Lapierre a fait reprendre la voiture de fonction à la gendarmerie de Chantilly où elle avait été remisée et chacun, en garant son propre véhicule ou en descendant tout exprès au sous-sol pour la voir, a pu constater que la BM directoriale avait regagné sa place de parking sans une égratignure – à quoi se sont ajoutées quelques fuites : quelqu'un se sera coupé, ou la petite Bernier aura surpris une conversation entre Manuelle Germain et son patron), depuis cette agression, donc, Suzanne Servent ne sait plus à quel saint se vouer. Comme certaines femmes vivent dans la peur de perdre un époux volage, certaines mères, un fils aventureux, la DRH d'Urba-Immo tremble pour sa situation. Conserver son poste, comme elle y réussit depuis neuf ans, exige de la vigilance. C'est un travail en soi qui, dans les moments difficiles, quand il y avait un virage délicat à prendre – et ils n'ont pas manqué au cours de ces neuf années –, pouvait la tenir éveillée plusieurs heures par nuit, à élaborer des stratégies. Elle a ainsi développé des antennes, un flair infaillible pour sentir le vent tourner, et retourner sa veste avec le vent, de façon à se trouver, comme dit la chanson, toujours du bon côté. Mais cette fois impossible de prévoir où le vent va souffler et la question pour Suzanne Servent n'est pas tant de choisir son camp entre le directeur administratif et le directeur des Services généraux que de louvoyer habilement entre les deux, en ayant garde de se compromettre avec l'un plutôt qu'avec l'autre.

Mis à part le désagrément de devoir « seconder » Gilles Lapierre, ainsi que l'a décrété le DG pendant la réunion convoquée après la mésaventure de Prévault – son prétendu accident –, c'est-à-dire de travailler sous la direction d'un collègue exhumé du placard, qui errait encore il y a peu comme un fantôme dans les couloirs et, par le fait du prince, a été soudain ressuscité, leurs relations ne sont pas mauvaises. Autrefois, avant le fâcheux intermède des mois précédents, ils ont été des alliés, presque des amis, et ils ont cette faculté qu'ont les employés d'une même entreprise d'oublier le passé pour s'adapter instantanément à une situation nouvelle, une aptitude remarquable à vivre dans le présent. D'ailleurs, Lapierre n'abuse pas de la situation, il ne s'adresse jamais à elle sur un ton supérieur, et pour ce qui est de ce qu'ils ont à faire, compétents chacun dans son domaine, ils sont sur la même longueur d'onde et collaborent sans difficulté. La seule chose ennuyeuse pour Suzanne, c'est que certains jours, et cela s'est déjà produit deux fois, afin de poursuivre une discussion, il lui propose de déjeuner avec lui à la brasserie comme ils le faisaient régulièrement jadis. Elle a alors la nette impression qu'il est en train de se payer sa tête ; mais comment refuser ? Assise avec lui à une petite table, elle sur la banquette et face à la salle, elle ne peut rien perdre des regards surpris posés sur eux, des moues réprobatrices, des hochements de tête accablés de leurs collègues qui, ayant appris l'incapacité de Prévault et le retour en grâce de Lapierre, la soupçonnent d'un revirement opportuniste (ce qui, dans l'incertitude où elle se trouve, constitue un malentendu potentiellement embarrassant).

Peu de temps après son agression, Suzanne était allée visiter le directeur administratif à l'hôpital. Elle ne doutait pas que, bien qu'immobilisé, il continuerait à remplir ses fonctions et qu'elle aurait simplement à faire la navette entre le bureau et son patron afin de poursuivre, téléguidée par lui, le travail de réorganisation commencé. Mais, bien qu'il eût apparemment recouvré ses forces et une mine excellente, elle était tombé sur un homme renfrogné, sourd aux allusions par lesquelles elle tentait de lui faire entendre qu'elle était à sa disposition pour exécuter ses ordres, que tout serait fait exactement comme il le souhaitait, bref qu'elle serait ses yeux et ses bras au bureau. Bien loin de la suivre sur ce terrain, il l'écoutait à peine, lui répondait par monosyllabes. Elle avait attribué sa mauvaise humeur au fait qu'il supportait mal son carcan de plâtre, qu'il ne s'y était pas encore habitué, et elle avait écourté sa visite, la jugeant finalement maladroite et prématurée.

Une semaine plus tard, elle l'avait appelé sur son portable et, sous prétexte de solliciter un conseil, lui avait demandé si elle pouvait venir le voir. Il était alors rentré chez lui, toujours emprisonné dans son corset rigide mais en pleine possession de ses capacités intellectuelles. Elle pensait que, cette fois, ils allaient se remettre au travail, qu'elle procéderait aux licenciements programmés et finaliserait avec lui l'organigramme commencé, en même temps que la répartition du personnel dans les nouveaux bureaux ; car le temps pressait si on voulait que tout soit en ordre en septembre. Pourtant, après avoir accepté de la recevoir, Prévault avait paru mécontent de la voir là. Pendant toute l'entrevue, il s'était montré d'une grande froideur, ne lui avait même pas offert un café bien qu'il fût seulement dix heures du matin. Suzanne avait même cru sentir de l'hostilité envers sa personne ; quand il daignait s'apercevoir de sa présence, il lui expédiait des regards pleins de suspicion et de rancune, comme s'il la jugeait responsable de sa situation présente, ou tout au moins comme si elle faisait partie d'un ensemble qui en était responsable et qu'il reportât sur elle son ressentiment à l'égard de la profession du bâtiment toute entière.

Si mal accueillie à sa dernière tentative, elle n'a plus osé se manifester. Elle sait que Véronique Martin, quant à elle, rend visite à Prévault deux fois par semaine et se demande bien ce qu'elle y fait car, lorsqu'elles travaillent ensemble, l'assistante ne parle pas des conversations qu'elle a avec son patron, ne fait état d'aucun souhait qu'il aurait pu émettre ; aux interrogations muettes de Suzanne, elle oppose un visage énigmatique, avec une espèce de petit sourire satisfait, l'air de mijoter quelque chose. Sans directives et sans autorité pour continuer seule le travail commencé, Suzanne contemple avec une tristesse nostalgique et un noir pressentiment le plan inachevé du nouvel organigramme qu'elle n'a pas affiché sur son mur et qui dort dans un angle, enroulé sur lui-même.

Le 15 juin au matin, la nouvelle est annoncée officiellement que le directeur administratif et financier est démissionnaire et ne reviendra pas au bureau. L'annonce a été faite à neuf heures vingt-cinq, en petit comité, par Jean-Claude Legrand ; à dix heures, tout l'immeuble est au courant.

On mesure la popularité d'un dirigeant d'entreprise au soulagement ressenti quand il s'en va. En moins de temps qu'il n'en faut pour le dire, un air léger s'insinue entre les murs, un primesaut, une gaîté farceuse – une atmosphère buissonnière qui ne doit rien à cette douce matinée de juin et à la journée chaude et ensoleillée qu'elle présage. En se croisant dans les couloirs, des collègues qui s'ignoraient se font de petits signes de reconnaissance. Certains vont même jusqu'à se serrer la main, une poignée de main optimiste et solidaire. Des groupes se forment, d'où fusent des rires comme échappés d'une cocotte-minute dont on viendrait de desserrer le couvercle. Les plus prudents, évitant les paroles compromettantes, échangent des regards éloquents. Mis à part les personnes craintives que le moindre changement à leur train-train inquiète, et Suzanne Servent qui voit ses manœuvres diplomatiques de toute une année auprès du directeur démissionnaire anéanties et craint de devoir tout recommencer avec son successeur, le sentiment général est qu'un sort facétieux, pour une fois favorable, leur a réservé une fameuse surprise. Déjà, la raclée du directeur administratif – quand ils avaient appris qu'il s'agissait d'une raclée –, sans qu'ils eussent la moindre idée de son origine et sans trop s'interroger là-dessus (après tout ce n'était pas leur affaire), les avait bien fait rire. La justice immanente. Mais aujourd'hui, ils ne sont pas loin de l'euphorie. Toute la matinée un brouhaha joyeux emplit l'immeuble, qui se répand à l'heure du déjeuner jusqu'à la brasserie d'en face et au restaurant d'entreprise.

A quatorze heures quinze, au milieu de la sieste de quelques minutes que Gilles a l'habitude de s'accorder après le repas, un coup frappé à la porte le sort de sa demi-somnolence. Sur son invitation à entrer, apparaît Vilbert, le directeur du département commercial, qui se dirige vers lui la main tendue, puis Mangin, le directeur du service Travaux, et puis Lethuit, le chef comptable, lui-même précédant trois cadres de la maison, dont les visages lui sont plus ou moins familiers et qui appartiennent probablement à l'équipe de Vilbert – défilé fermé, à son grand étonnement, par son ex-ami versaillais, le même qui, au début de sa mise au placard, de peur de se retrouver placardisé par contagion, avait pourtant été parmi les premiers à se désolidariser de lui et de la façon la plus spectaculaire (ce dernier ne va tout de même pas jusqu'à lui serrer la main, se contentant pour le moment de lui adresser un petit signe amical). La porte soigneusement refermée, ils sont sept maintenant devant lui, la mine réjouie et le teint allumé : une délégation. Gilles, qui n'en a aperçu aucun à midi à la brasserie, devine qu'ils sont allés déjeuner en douce et conspirer chez Dessirier, leur restaurant des grands jours de la place Péreire. Amusé par cette irruption, mais circonspect, il observe ses visiteurs en silence.

– Alors, attaque Vilbert avec toute l'autorité qu'on attend d'un chef de département, qu'est-ce que tu as l'intention de faire ?

– A quel sujet ?

– La Plaine Saint-Denis ! s'écrient trois membres du groupe en même temps.

– Quoi, La Plaine Saint-Denis ?

– On n'y va plus, alors, c'est plus la peine de déménager ? s'enquiert Lethuit, l'air engageant.

– Ça ne dépend pas de moi, dit Gilles.

– Tout de même, maintenant que Prévault est parti, plus rien ne nous oblige à transférer les bureaux. On peut laisser tomber.

– Malheureusement, j'ai bien peur que le bail ne soit déjà signé.

– Pas grave, fait remarquer un des commerciaux présents. Même s'il est signé, il comporte forcément une clause suspensive... Il suffira de la faire jouer.

– Il faudrait examiner le contrat, enchaîne Lethuit. Toi, Gilles, tu peux l'obtenir de l'assistante de Prévault. Elle n'aura qu'à nous communiquer le dossier.

– On doit d'abord en discuter avec le DG.

– Legrand s'en fout, dit Vilbert. Je lui en ai touché un mot ce matin. Ce n'était pas son idée.

– Et les patrons de FARGUES ?

– Encore plus. Le seul problème, ce sont les actionnaires. D'après ce qu'en disait Prévault, ils étaient très emballés. Tous ces actifs liquides retirés de la vente de l'immeuble, ils les voyaient bien faire des petits, ça les faisait saliver... – Mais bon, continue Vilbert après un instant de réflexion, les actionnaires, ça se retourne. On trouvera bien quelque chose à leur dire. Le principal, c'est que l'immeuble ne soit pas encore vendu. On a eu du pot de ce côté-là. L'agence nous avait déjà proposé quelqu'un.

– C'est vrai, confirme le directeur des Travaux, j'ai vu les clients. Ils sont venus à trois visiter les locaux. Il y en avait un en djellaba et keffieh, un Saoudien ou un Qatari, je ne m'en souviens plus. Un homme d'affaires du Golfe, membre de la famille royale aux dires de l'agence.

– Qu'est-ce qu'il voulait en faire ?

– Le siège d'une petite compagnie aérienne, une histoire comme ça. Il voulait tout casser à l'intérieur.

– Pour information, ça va chercher dans les combien aujourd'hui un immeuble comme celui-ci ? demande Gilles.

– Autour de trente millions d'euros, le renseigne Vilbert.

– Ah quand même, apprécie Lethuit, le comptable. J'aurais cru moins.

– Vingt millions minimum, ça dépend du marché.

– Ah quand même, répète Lethuit, qui ne peut s'empêcher de rêver au bel effet produit par un nombre à huit chiffres venant s'ajouter à la colonne « actif » de son bilan.

– Une belle somme ! renchérit un commercial, avec cette façon qu'ont certains d'aimer l'argent, non comme moyen, mais pour lui-même, de le trouver beau... – une *belle* somme.

– Les actionnaires pensaient qu'elle serait réinvestie en produits financiers performants. Il avait une combine, Prévault, à ce qu'il paraît, une combine juteuse avec sa banque. N'oublions pas que c'était un banquier...

– Ouais, un banquier, jette Mangin avec mépris. Et bien si on veut faire quelque chose, on a intérêt à se magner avant l'arrivée de son successeur. On ne sait pas ce qu'ils vont encore être capables de nous envoyer, au siège.

– Il vaudrait mieux que ce soit quelqu'un du bâtiment. Un homme qui comprenne quelque chose au métier.

– Et même un homme du groupe, de préférence. Un type qui voie les choses comme nous.

– Après le plantage de Prévault, dit Vilbert, on aura les moyens de faire pression pour qu'ils lui trouvent un remplaçant convenable.

– Je ne sais pas si Prévault s'est planté, lance un des commerciaux, hilare, mais en tous cas il s'est drôlement fait cueillir ! – Plaisanterie saluée, les vapeurs d'un déjeuner bien arrosé pas encore tout à fait dissipées, par un concert de rires bruyants.

– Messieurs..., tente de les modérer Gilles, que ces éclats dans son bureau embarrassent.

– Vous croyez que son agression a quelque chose à voir avec la boîte ? s'inquiète Lethuit. C'était encore jamais arrivé chez nous, une affaire comme celle-là. Pas à ma connaissance.

– Ça pourrait venir d'un sous-traitant mécontent, à la suite d'un problème sur un de nos chantiers, suggère quelqu'un. Prévault avait peut-être viré un sous-traitant. Ou refusé de le payer.

Tous les regards se tournent vers le directeur des Travaux, en charge du suivi des chantiers de construction.

– Ça m'étonnerait, dit Mangin. C'était pas tellement son domaine, les chantiers, il voyait ça de loin. Et pour ce qui est d'un paiement refusé, je n'ai pas entendu parler de quelque chose d'important cette année.

– C'est peut-être une affaire privée, alors. Un règlement de compte sans rien à voir avec le boulot. Après tout, qu'est-ce qu'on en savait, de sa vie privée…

– Si c'était le cas, leur fait remarquer Vilbert, il n'aurait pas eu de raison de démissionner. Moi, je crois qu'au contraire il était persuadé que l'affaire avait un rapport avec la boîte. Il devait bien sentir qu'il n'était pas en phase, ici. Il déplaisait à beaucoup de monde.

Cette hypothèse suscite quelques réactions incrédules tant les méthodes de rétorsion musclées sont étrangères à l'esprit de la maison.

– Après tout, on s'en fout, conclut Lethuit. Ce qui compte, c'est de bloquer le déménagement. Puisque nous sommes tous d'accord, nous n'avons qu'à faire ce qu'il faut pour l'annuler, point-barre.

Après le départ de ses visiteurs, Gilles reste pensif un moment. Pour sa part, il serait plutôt de l'avis de Vilbert : si Prévault a démissionné alors que son premier exercice n'était même pas achevé, c'est qu'il pensait que l'agression dont il avait été victime avait quelque chose à voir avec l'entreprise et qu'il a pris peur. Et, connaissant les mœurs pacifiques de la maison – et même, sous l'influence de son grand patron, du groupe FARGUES tout entier –, ceux qui suggèrent qu'il pourrait s'agir de la vengeance d'un sous-traitant ne sont probablement pas loin de la vérité. D'après Mangin, les sous-traitants des chantiers n'avaient pas de raison particulière de lui en

vouloir, alors qu'est-ce qui reste ? L'entreprise de restauration qui fournit la cantine ? La société chargé de la maintenance ? Complètement improbable. Non, techniquement, Gilles ne voit que la société de sécurité qui soit en mesure de monter un traquenard comme celui où l'on a fait tomber Prévault, avec toute la préparation nécessaire, seulement il ne voit pas pour quelle raison ils auraient pu lui faire ça. Evidemment, celui qui était son adjoint, Dominique Gausset – qui l'est toujours en titre, bien qu'il ne lui demande plus rien, c'est à son tour de l'ignorer –, prenait depuis longtemps ses ordres directement de Prévault sans l'en informer et Gilles n'était pas au courant de tout, loin de là. Mais s'il y avait eu un désaccord sérieux avec Etoile-Security, par exemple sur un dispositif à mettre en œuvre, ou à propos d'exigences de la part d'Urba-Immo jugées excessives, bien avant que les choses aient eu le temps de s'envenimer Spadoni aurait sauté sur le téléphone pour lui en parler, à lui qui était son interlocuteur habituel...
– Plus Gilles y pense, moins il en revient : lui qui se croyait maître de son destin, le voilà remis en selle, rétabli dans son autorité (la visite en délégation dans son bureau des principaux chefs de service d'Urba-Immo le prouve) à la suite d'un événement qu'il ne parvient même pas à s'expliquer.

Dans la fraîcheur et le silence de son show-room, encore désert en ce début d'après-midi, Yvon Régnier, le concessionnaire BMW, se pose à peu près les mêmes questions, mais il croit, pour sa part, entrevoir une explication.
Un mois plus tôt, comme pas mal de gens dans le quartier de l'Etoile, il avait appris l'« accident » arrivé au directeur administratif d'Urba-Immo. Et déjà, se

souvenant de la colère homérique, toute méditerranéenne de Spadoni quelques jours avant l'agression, quand il avait fait irruption dans son bureau en brandissant la lettre insultante expédiée par Gausset, il avait conçu quelques soupçons sur son commanditaire, en s'amusant à l'idée qu'un Corse aurait pu accomplir là sa « *vendetta* ». Une intuition. Et bien son intuition vient de se trouver confirmée : il a reçu ce matin un coup de fil triomphant du patron d'Etoile-Security, informé par les hommes à lui qui sont dans la place, lui annonçant la démission de Guy Prévault. Et il exultait, Spadoni, comme on exulte devant un résultat dépassant nos espérances, on aurait dit qu'il avait gagné au Loto ! Si Régnier est à peu près sûr que personne n'en saura jamais rien, qu'il sera impossible d'en établir la preuve, il ne doute plus à présent que le commanditaire de l'expédition punitive était bien Lucien Spadoni, dont il connaît le caractère emporté et la susceptibilité. – Si content, le patron d'Etoile-Security, qu'au risque de se trahir il l'a invité à déjeuner au Fouquet's comme s'il avait une victoire personnelle à célébrer. Bien qu'ayant lui aussi des raisons de se réjouir de la démission du nouveau directeur, laquelle devrait lui permettre de garder son client puisque, Lapierre rentré dans ses pouvoirs, il ne sera sans doute plus question de changement de fournisseur pour le parc automobile d'Urba-Immo, Régnier a décliné l'invitation. Il ne se voyait pas, dans ce restaurant réputé fréquenté par les chefs d'entreprises du quartier, à deux pas de son show-room et à portée de voix de leurs voisins, attablé avec Spadoni comme deux complices fêtant l'issue heureuse de leur forfait. Il se doute bien que Prévault a déposé plainte et, prudemment, il préfère se tenir à distance.

Après cette journée euphorique et mouvementée, le travail reprend normalement chez Urba-Immo. Il reste un mois d'ici à la mi-juillet, date à laquelle une grande partie du personnel partira en vacances, et il n'est pas question de se croiser les bras. Chacun retourne à ses occupations ordinaires, mais avec un zèle et un entrain inusités, comme si, sans s'être concertés, ils avaient tous à cœur de démontrer qu'ils étaient capables de faire marcher l'entreprise sans avoir besoin des ordres et de la surveillance d'un chef. De haut en bas, l'immeuble bourdonne comme une ruche, dans une ambiance de coopérative, de *Front populaire* pour le moins anachronique et incongrue dans ces murs. Gilles, désormais chargé de « piloter le navire » (la phrase gratifiante prononcée par le directeur général sonne encore agréablement à ses oreilles), est le premier bénéficiaire de ce regain d'ardeur. L'entreprise tourne comme une horloge, dans un climat de bonne humeur et d'optimisme qui semble transfigurer les gens.

Manuelle Germain n'a jamais été aussi belle. Depuis quelque temps, elle irradie une féminité, une sensualité que Gilles ne lui avait pas encore vues, qui tient à quelque chose d'imperceptiblement plus animal dans sa démarche, aux gestes alanguis de ses bras nus joliment galbés, à l'éclat nacré de sa peau qu'accentue par contraste sa chevelure flamboyante. Quand par hasard ils se rencontrent dans un couloir, elle lui adresse d'éblouissants sourires, qu'il ose interpréter comme un encouragement. Sa situation, son honneur rétablis, il se sait digne aujourd'hui d'une femme comme elle et n'attend que le moment favorable pour l'inviter à dîner.

Ne le retient encore que la peur d'un refus, si douloureux, si blessant pour la virilité d'un homme.

Quand Gilles imagine le moyen de lui parler, des idées à la fois ingénieuses et folles lui passent par la tête. Il faudrait une occasion où ils se trouveraient seuls assez longtemps. L'idéal serait qu'un soir la voiture de Manuelle refuse de démarrer ; comme par hasard il serait là, il assisterait à la scène et lui proposerait tout naturellement de la reconduire chez elle (auparavant, il n'aurait eu qu'à se glisser dans le parking et à bricoler les fils de bougie de sa Lancia) ; – plus tard, il lui avouerait son subterfuge et ils en riraient tous les deux, ils en riraient pendant des années, comme font les couples heureux avec leurs vieilles blagues. Des imaginations. Le gardien serait-il absent, à l'heure du déjeuner, ou parti aux toilettes, Gilles aurait toutes les chances d'être filmé par les caméras de surveillance... Et puis il se connaît assez pour savoir qu'il serait incapable de commettre un acte aussi indélicat, ce n'est pas dans son caractère, il a trop de scrupules, pas assez de hardiesse. Mais, patience, dans l'atmosphère décontractée qui règne actuellement dans la maison, les relations entre les gens devenues plus spontanées, l'occasion ne tardera pas à se présenter. Saisissant sa chance, il formulera alors son invitation sur un ton léger, d'un air de ne pas y attacher trop d'importance – ou d'une autre manière, ça dépendra des circonstances et de son inspiration. Il saura bien trouver le ton juste.

Dominique Gausset ne fait plus partie de l'entreprise. Le lendemain de l'annonce du départ de Prévault, il a donné sa démission. Lapierre se comportait comme s'il n'existait pas et il avait compris qu'il n'aurait pas pour lui la mansuétude qu'il avait eue pour Suzanne Servent. Oubliant qu'ils avaient été alliés, la DRH l'a reçu très froidement, une froideur sidérale. Il aurait cherché en vain dans son regard, la plus légère sympathie, la moindre lueur montrant qu'elle se souvenait de leur complicité passée – un passé pourtant si récent –, quand ils s'entendaient comme larrons en foire sur le dos du directeur des Services généraux en disgrâce. A la demande de celui-ci, et trop contente elle-même de s'en débarrasser, elle a sèchement dispensé Gausset de son préavis.

Véronique Martin a également démissionné. Pour des raisons d'ordre privé, a-t-elle dit. Elle se tenait très droite devant Suzanne, les pommettes rosies, fixant sur elle des yeux brillants, insistants. On sentait que quelque chose lui brûlait les lèvres. Elle a fini par ajouter d'un ton faussement retenu, ménageant son effet : « Je me remarie... avec Guy Prévault. » Voilà donc l'explication de ses visites fréquentes à Chantilly et de ses airs mystérieux, a pensé Suzanne, méfions-nous de l'eau qui dort. C'était elle qui avait promu Véronique, qui l'avait placée auprès d'un directeur, le numéro deux de l'entreprise, et maintenant l'assistante allait épouser son patron et toisait celle à qui elle devait sa chance d'un air de défi, l'air de la narguer. Une intrigante, une petite garce comme les autres, se disait Suzanne en la félicitant d'une voix doucereuse. Pressée de la voir disparaître, elle l'a autorisée à partir le soir même.

Le dernier jour ouvré de juin, Paul Tardieu, depuis longtemps démissionnaire, quitte à son tour Urba-Immo – en même temps qu'Evelyne Tullard, la fille du pâtissier-traiteur, qui, selon les vœux de son père, profite de ses congés d'été pour effectuer un stage au département Marketing de *Dalloyau*.

Privé de la moitié de ses occupants, l'étage directorial est comme un grand appartement silencieux.

On décide de se débrouiller jusqu'aux vacances avec les moyens du bord. Jocelyne Couraud, disponible depuis le départ de Tardieu, assurera le secrétariat de Lapierre. Une secrétaire de l'Administration se partagera entre son service et Suzanne Servent. La petite Bernier sera à la disposition de tous pour donner un coup de main si nécessaire.

Le vendredi 4 juillet, Jocelyne frappe à la porte du directeur des Services généraux et passe dans l'ouverture son charmant visage.

– Bonjour, Monsieur Lapierre. Je ne vous dérange pas ?

– Entrez. Qu'est-ce que je peux faire pour vous ?

– Je fais une collecte, dit-elle en pénétrant dans la pièce. C'est pour un départ, quelqu'un se marie.

Les collectes... Pour les cadeaux de mariage, de départ, d'anniversaire, les pots de ceci, les pots de cela, si nombreux dans cette entreprise à l'ambiance familiale qu'on avait dû les limiter à un par mois. (Du moins, plaisantaient certains avec un humour sombre, étaient-ils épargnés par les départs à la retraite, car rares étaient ceux qui parvenaient jusque-là.)

– Et qui est-ce qui se marie, cette fois ? s'informe Gilles, moitié par politesse, moitié pour estimer le montant de sa participation.

– Manuelle Germain. Elle épouse un médecin australien.

Dans les moments d'intense émotion, on vérifie la justesse de certaines métaphores populaires. *Ça m'a scié... Je n'avais plus de jambes...* (après une très grande surprise ou une très grande peur). Ou bien : *Mon cœur s'est décroché dans ma poitrine...*

Sur le coup, c'est très exactement ce que Gilles ressent, l'impression que son cœur se décroche et tombe. Une sensation très brutale. Et il rougit violemment, il sent le feu lui monter au visage. Son trouble évident est mal interprété par Jocelyne, qui le croit causé par l'avarice. Mignonne et très appréciée dans la maison, on la charge souvent des collectes, et depuis le temps qu'elle fait le tour des bureaux elle a eu l'occasion d'observer toutes sortes de réactions – fronts soucieux, lèvres pincées, pâleur soudaine, parfois à cause d'un problème financier personnel, ou parce que, dans cette société de plus de cent employés, les sollicitations étaient jugées trop fréquentes, mais le plus souvent par pure radinerie. Son interprétation est aussitôt démentie par le billet de deux cents euros que Lapierre lui tend, d'une main qui réussit à ne pas trembler.

– Je n'aurai pas assez de monnaie, dit-elle à tout hasard. Je viens juste de commencer.

– C'est bon, souffle Gilles, ça ira. – Et il a droit pour la peine à une mimique appréciative.

– Madame Germain invite tout le monde à boire un pot le 11, vendredi de la semaine prochaine, à cinq heures trente dans la grande salle du quatrième.

Gilles trouve encore la force de répondre : « D'accord », et la congédie d'un merci.

La jeune fille partie, il reste quelques minutes immobile, tassé dans son fauteuil, ramassé sur lui-même, sans pensées, comme un lutteur qui vient d'encaisser un coup très rude et récupère – et c'est bien d'un choc physique qu'il s'agit. Finalement il se lève et se dirige vers les toilettes pour y passer longuement sa figure sous l'eau froide.

Dans la salle de réunion où la secrétaire du DG offre son pot d'adieu, l'assistance n'est pas très nombreuse, une trentaine de personnes tout au plus. Manuelle Germain n'est arrivée qu'en septembre dernier, en même temps que Jean-Claude Legrand, il n'y a pas tout à fait un an, et, souvent en déplacement avec son patron ou cantonnée à l'étage directorial, elle n'est pas très connue dans la maison. Un peu trop belle, un peu trop élégante et guère familière, elle est généralement considérée comme intimidante (certains, certaines n'hésitent pas à dire « bêcheuse »).

Pour sa dernière et unique réception, elle a bien fait les choses. Comme d'habitude, le buffet a été confié à *Lenôtre*, probablement avec le concours financier de Legrand qu'elle seconde depuis de longues années (on soupçonne, sans en être sûr, qu'elle a jadis été sa maîtresse : une femme si séduisante, comment pourrait-il en être autrement ?). A dix-huit heures – Gilles vient juste de pénétrer dans la salle – la DRH remet à Manuelle Germain, au nom du personnel, son cadeau d'adieu, qui en l'occurrence se trouve être aussi son cadeau de mariage. Cette mission lui plaît ; ne sachant ce que l'avenir lui réserve, sur quel nouveau directeur administratif elle va tomber à la rentrée prochaine et de quelle lubie, de quel nouveau projet de restructuration elle pourrait être à la fois l'artisan et la victime, Suzanne espère que cette image d'elle-même remettant un présent à une personne qui lui est proche restera dans la mémoire du Directeur général et lui vaudra une sympathie qui peut toujours servir par gros temps. Manuelle défait le paquet étiqueté Christofle, en sort une boîte cubique enrubannée dont elle extrait, dans un suggestif froissement de papier de soie, un resplendissant seau à champagne au design contemporain. Si elle s'abstient des manifestations d'émerveillement d'usage – elle n'a pas une nature démonstrative –, on peut voir à son sourire et à ses yeux brillants que le cadeau lui plaît. Il a pourtant été discuté avec ardeur par les principaux donateurs, contesté, mis au vote, et encore abondamment désapprouvé par ceux qui n'avait pas eu gain de cause : l'objet était jugé trop festif, indiscret, et pour tout dire vulgaire ; il ferait double emploi (mais de bons vivants avaient objecté que, des seaux à champagne, on n'en a jamais trop) ; il pesait lourd : dans l'avion qui conduirait sa propriétaire en Australie, il apporterait un supplément de poids sensible à ses bagages, et ainsi de suite.

Gilles se tient près de la porte, d'où il peut contempler Manuelle à son aise sans se faire remarquer. Il veut l'imprimer dans sa mémoire, telle qu'il la voit là, pour la dernière fois, dans sa jolie robe d'été bleu turquoise, avec son magnifique seau à champagne qu'elle a d'abord tendu au bout de ses bras pour l'admirer, puis serré quelques minutes contre sa poitrine dans son bras gauche replié, et enfin reposé près d'elle. Ce cadeau auquel, à l'instant même où il recevait la nouvelle – Ô combien douloureuse – de son mariage, il a généreusement participé, sur une impulsion, sans réfléchir, sans savoir pourquoi. Pour l'élégance du fair-play ? Ou parce que c'était la seule occasion qui lui serait donnée de faire quelque chose pour elle ? Un moyen de l'accompagner dans son long voyage et de prendre part, si peu que ce soit, à sa vie future grâce à cet objet qu'elle conserverait longtemps, dont elle se servirait dans les bons moments… ?

Depuis une semaine, il a eu le temps de digérer sa déconvenue. Ça le fait presque rire, à présent, rire de lui-même. En somme, il ne s'est rien passé entre eux, ce qui s'appelle rien, pas même un échange de regards explicite, un frôlement de mains, il ne s'est même jamais assez approché d'elle pour sentir son parfum. Cet amour idéal, immatériel, s'est dissipé comme un songe. Et puis Manuelle s'en va si loin : l'Australie, Canberra, autant dire qu'elle s'envole pour une autre planète... Ce n'est pas comme si elle restait dans la maison, à l'étage de la direction, et qu'il allait la croiser tous les jours en se rappelant qu'il n'était rien pour elle, qu'elle ne l'avait jamais regardé, qu'elle partageait la vie et le lit d'un autre. Il ne lui en veut pas, au contraire. Maintenant qu'il a recouvré sa raison, il éprouve même une sorte de gratitude envers elle. Car il voit bien que pendant les mois terribles qu'il vient de traverser, le sentiment qu'il s'était inventé pour elle, son fantasme amoureux, en le faisant basculer du côté de l'espoir, lui a donné le courage de tenir bon et de fourbir ses armes. Gilles gardera le souvenir d'une femme exquise, dont il n'aura jamais connu les défauts, la mauvaise humeur, les trahisons. Et cette histoire d'amour de quelques mois qu'il aura vécue seul, une affaire entre lui et lui, fera pour toujours partie de sa vie, en restera un épisode délicieux et secret.

*

L'été 2008 fila comme un rêve.

La plupart des employés d'Urba-Immo partis en vacances, ceux qui se trouvaient encore au bureau, à peu près un tiers des effectifs, s'acquittaient de leurs tâches dans le calme, en profitant d'un demi-repos. Ils répondaient au téléphone (mais les appels étaient rares), suivaient sans se presser les affaires en cours, rattrapaient le courrier en retard, classaient leurs papiers, occupations entrecoupées, à l'heure du déjeuner, par de longues séances de bronzage aux terrasses du quartier. En fait, l'unique raison qui justifiait que l'entreprise restât ouverte tout l'été était qu'il fallait surveiller les chantiers en activité et le seul personnel réellement occupé dans la maison était celui du service Travaux. Les gens du bâtiment sont comme les cinéastes qui se déploient et s'activent tels des fourmis dans les villes désertées du mois d'août.

Le premier septembre, en même temps que les établissements scolaires, l'immeuble de la Grande-Armée se repeupla d'un seul coup. Le projet de déménagement à La Plaine Saint-Denis avait fait long feu, ce n'était plus qu'un mauvais souvenir – une folie, une idée absurde, les gens en riaient encore. Bien peignés, bien vêtus, en pleine forme pour commencer l'année, ils se serraient énergiquement la main en se complimentant sur leur bonne mine.

De nouvelles têtes étaient apparues. Le nouveau directeur-général-adjoint, Philippe Blanchet, pour lequel on avait engagé une assistante de l'extérieur (Jocelyne Couraud qui ne s'était jamais plu à l'étage de la direction était retournée au Commercial sans modification de salaire). Succédant à Manuelle Germain comme assistante du Directeur général, Jasmine Prieur, débauchée d'un groupe de BTP concurrent, une ravissante personne d'une trentaine d'année à la silhouette de mannequin (chacun pensa en la voyant que décidément Jean-Claude Legrand appréciait la compagnie des belles femmes). Et bien sûr, le plus important, celui que tout le monde attendait avec un mélange de d'espoir et de crainte, Pierre Maraîcher, le nouveau directeur administratif et financier, transféré du siège avec son assistante. (On avait appris que son prédécesseur, après son excursion dans un monde qui n'était pas fait pour lui, avait retrouvé son ancien poste à la banque.)

Comme les chefs de service d'Urba-Immo l'avaient souhaité, Pierre Maraîcher était un homme du bâtiment, diplômé de l'Ecole Spéciale des Travaux Publics, un « Fargues » type, qui était entré dans le groupe à vingt-trois ans et y avait fait toute sa carrière. Il était lui-même le fils d'un compagnon-maçon, ainsi qu'il aimait à le rappeler.

La philosophie de cet homme pragmatique était simple : on améliorait les résultats d'une entreprise en augmentant son volume d'affaires ; en conséquence de quoi il renforça dès son arrivée les équipes du département commercial. Point de restructuration, donc, et point de licenciements. La DRH ouvrit quelques dossiers supplémentaires de prospecteurs chevronnés.

Ces dispositions raisonnables eurent un effet stimulant sur le personnel qui attaqua l'exercice avec élan, une fraîcheur enthousiaste. Après quelques toussotements au départ, le « navire » prit sa vitesse de croisière. Le premier trimestre se déroula sans anicroches, ni d'ailleurs de succès marquants.

Et puis le 12 décembre, se propageant avec la rapidité et la puissance dévastatrice d'un tsunami sur les écrans des salles des marchés et des agences de presse du monde entier, le scandale Madoff éclata.

Les hommes d'Urba-Immo en furent abasourdis. Ainsi, un génie de la finance, un de ces esprits supérieurs qui, par la grâce d'un savoir-faire inaccessible au commun des mortels, s'offraient à l'admiration des foules en faisant jaillir des millions à partir de rien, avait en réalité monté une combine bête comme chou : payer les intérêts de ses anciens clients avec l'argent des nouveaux pigeons, une entourloupe à la portée du moins inspiré, du plus imbécile des escrocs. Le seul génie qu'ils lui accordaient était un sens psychologique indéniable : en voilà un qui avait su estimer à sa juste valeur – et exploiter pendant deux décennies – la cupidité des hommes, leur naïveté devant les apparences de la richesse et de la respectabilité, leur vanité, leur goût du secret, et leur corollaire surdité aux avertissements. Cinquante milliards de dollars... L'énormité de la somme évaporée donnait, en même temps que le vertige, la mesure de la bêtise humaine.

On sut bientôt que plusieurs banques françaises, par fonds de gestion et autres institutions financières interposés, étaient lourdement touchées par la fraude et qu'en particulier la banque où Prévault officiait, naguère si fière de son accès privilégié au fonds en question, était mouillée jusqu'au cou. Songeant aux millions qui seraient partis en fumée si celui-ci avait pu mener son projet de vendre l'immeuble de la Grande-Armée à bien, du sommet au bas de la hiérarchie, le personnel d'Urba-Immo fut parcouru par un frisson de peur rétrospective, auquel succéda un formidable éclat de rire, une franche rigolade qui se prolongea pendant plusieurs jours.

Le soir, leur journée finie, au lieu de se précipiter sur leur voiture, ils se retrouvaient à quelques-uns à la brasserie pour y discuter de l'affaire. En y réfléchissant, ce scandale financier venant couronner la crise boursière n'était pas mauvais pour le bâtiment. Après une période de ralentissement inévitable, leur secteur repartirait de plus belle, car ils auraient beau jeu, désormais, de convaincre les investisseurs de se détourner des mirages de la finance et de placer leurs capitaux dans des opérations moins éthérées.

Noël approchait. Il faisait nuit de bonne heure. En se penchant un peu, par la vitre de la brasserie, ils apercevaient l'Arc de Triomphe illuminé. Puis leurs regards redescendaient jusqu'à leur vieil immeuble, ce bien tangible et pérenne, et s'attardaient avec affection sur sa façade démodée de verre fumé où jouaient les reflets des vitrines scintillantes de l'avenue.

FIN

www.ingramcontent.com/pod-product-compliance
Lightning Source LLC
Chambersburg PA
CBHW051131020726
47501CB00005B/1453